www.ingramcontent.com/pod-product-compliance
Lightning Source LLC
LaVergne TN
LVHW010608070526
838199LV00063BA/5109
9789358720327

بادشاہوں کی کہانیاں

(بچوں کی کہانیاں)

مرتب:

ادارۂ پھول

© Taemeer Publications
Baadshahon ki kahaniyaan
by: Idara Phool
Edition: May '2023
Publisher & Printer:
Taemeer Publications, Hyderabad.

ISBN 978-93-5872-032-7
9 789358 720327

مصنف یا ناشر کی پیشگی اجازت کے بغیر اس کتاب کا کوئی بھی حصہ کسی بھی شکل میں بشمول ویب سائٹ پر اَپ لوڈنگ کے لیے استعمال نہ کیا جائے۔ نیز اس کتاب پر کسی بھی قسم کے تنازع کو نمٹانے کا اختیار صرف حیدرآباد (تلنگانہ) کی عدلیہ کو ہو گا۔

©تعمیر پبلی کیشنز

کتاب	:	**بادشاہوں کی کہانیاں**
مرتب	:	**ادارۂ پھول**
صنف	:	ادب اطفال
ناشر	:	تعمیر پبلی کیشنز (حیدرآباد، انڈیا)
زیر اہتمام	:	تعمیر ویب ڈیولپمنٹ، حیدرآباد
سالِ اشاعت	:	۲۰۲۳ء
تعداد	:	(پرنٹ آن ڈیمانڈ)
طابع	:	تعمیر پبلی کیشنز، حیدرآباد – ۲۴
صفحات	:	۷۲
سرورق ڈیزائن	:	تعمیر ویب ڈیزائن

بادشاہوں کی کہانیاں (بچوں کی کہانیاں) 3 ادارہ پھول

فہرست مضامین

نمبر	کہانیاں	صفحہ
۱	خدا کی عبادت	۵
۲	سُنہری ساری	۷
۳	بادشاہوں کا مزاج	۱۳
۴	ایک نجومی کا انجام	۱۷
۵	ٹوکری پانی سے بھرو	۲۰
۶	چُھپا خزانہ	۲۲
۷	دو کُتّوں کی کہانی	۲۶
۸	اصلی شرافت	۲۸
۹	خدا کی یاد	۳۲
۱۰	بادشاہ اور کسان	۳۴

نمبر	مضمون	صفہ
۱۱	کالی داس اور بکرماجیت	۳۶
۱۲	آنکھوں کا نسخہ	۴۰
۱۳	شاباش	۴۱
۱۴	نوشیروان	۴۳
۱۵	نوشیروان کا انصاف	۴۵
۱۶	سکندر بادشاہ کا برتاؤ	۴۶
۱۷	دو ڈاکو	۴۸
۱۸	مغرور شہنشاہ جو نین	۵۱
۱۹	ایک نیک کسان	۶۰
۲۰	بادشاہ اور تیتریاں	۶۲
۲۱	چین کا ایک بادشاہ	۶۵
۲۲	ایک سیب کی قیمت	۶۹

خدا کی عبادت

کسی بادشاہ کے ہاں ایک عقل مند وزیر تھا۔ اس وزیر نے بادشاہ کی نوکری چھوڑ دی۔ اور دِن رات خدا کی عبادت کرنے لگا۔

ایک دِن بادشاہ نے اپنے امیروں سے پُوچھا "ہمارے وزیر کا آج کل کیا حال ہے"؟

اُنھوں نے جواب دیا "حضور! وہ تو خدا کی عبادت میں ایسا غرق رہتا ہے۔ کہ ہم لوگوں سے کبھی ملاقات ہی نہیں ہوتی"۔

یہ سُن کر بادشاہ وزیر کے پاس گیا۔ اور اس سے پُوچھا "تمہیں ہم سے کون سا ایسا رنج پہنچا۔ کہ تم نے ہماری نوکری چھوڑ دی"؟

وزیر نے جواب دِیا "حضور آپ کا کوئی قصور نہ تھا۔ مَیں نے جو نوکری چھوڑ دی۔ تو اس کے پانچ سبب ہیں۔

پہلا یہ کہ آپ بیٹھے رہتے تھے۔ اور مَیں آپ کے حضور میں کھڑا رہتا تھا۔ اب مَیں ایسے خدا کی خدمت کرتا ہُوں۔ جس نے دُعا کے

وقت بھی مجھے بیٹھے رہنے کی اجازت دے رکھی ہے ؏

دُوسرا سبب یہ ہے۔ کہ آپ کھایا کرتے تھے۔ اور مَیں دیکھا کرتا تھا۔ اب مجھے ایسا آقا مل گیا ہے۔ جو خود نہیں کھاتا۔ بلکہ مجھے روزی دیتا ہے ؏

تیسرا سبب یہ کہ آپ سویا کرتے تھے۔ اور مَیں نگہبانی کیا کرتا تھا۔ اب مجھے ایسا مالک مل گیا ہے۔ جو خود ہرگز نہیں سوتا۔ بلکہ جب مَیں سوتا ہُوں۔ تو وہ میری نگہبانی کیا کرتا ہے ؏

چوتھا سبب یہ ہے۔ کہ مَیں ہمیشہ ڈرا کرتا تھا۔ کہ آپ مر جائیں گے۔ تو شاید مجھے دُشمنوں سے بہت مصیبت اُٹھانی پڑے۔ لیکن اب مَیں ایسے خُدا کی خدمت کرتا ہُوں جو مرنے والا نہیں۔ اور مجھے دُشمن کبھی نقصان نہیں پہنچا سکتے ؏

پانچواں سبب یہ ہے۔ کہ مَیں آپ سے ہمیشہ ڈرا کرتا تھا۔ کہ اگر کوئی قصور کر بیٹھوں گا۔ تو آپ مجھے معاف نہ کریں گے۔ لیکن جس کی اب خدمت کرتا ہُوں۔ وہ ایسا رحم کرنے والا ہے۔ کہ اگر مَیں روز کئی سَو گناہ بھی کر بیٹھوں۔ تو سب معاف کر دیتا ہے ؏

میرے پیارے ننھے بچو! تم کو اس عقل مند وزیر کی قیمتی باتوں سے معلوم ہو گیا ہو گا۔ کہ خدا پاک ہم پر کیسا مہربان ہے۔ اسی نے ہم کو پیدا کیا ہے۔ وہی ہم کو مارنے والا ہے۔ اور وہی ہماری حفاظت کرتا ہے ؏

ہمیں بھی چاہیئے۔ کہ اس کی بندگی کریں۔ اچھے بچے وہی ہیں۔ جو خُدا کے حکم مانتے ہیں۔ اور دُنیا کے لوگوں سے نیکی کرتے ہیں۔

سُنہری ساری

پُرانے زمانے میں ایک راجا ہندوستان میں راج کیا کرتا تھا۔ اس کا نام راجا نند تھا۔ یہ راجہ بہت نیک مہربان اور انصاف کرنے والا تھا۔ لیکن اس میں ایک بُرائی یہ تھی۔ کہ وہ نجومیوں کی بات بہت مانتا تھا۔

ایک دفعہ کا ذکر ہے۔ راجا نند کے ہاں ایک لڑکا پیدا ہوا۔ اس کے پیدا ہونے پر بہت خوشیاں منائی گئیں۔ مگر جب راجہ نے نجومیوں سے اس بچے کی قسمت کا حال پُوچھا۔ تو اُنہوں نے کہا "حضور! اگر یہ بچّہ آپ کے ہاں رہا۔ تو مُلک پر بڑی تباہی آئے گی۔ لڑائی ہوگی۔ کال پڑے گا۔ اور بیماری پھیلے گی"۔

راجہ بہت پریشان ہوا۔ بہت دیر تک سوچ سوچ کر اس نے کہا۔ کہ میں اپنی رعایا کو تباہ ہوتے نہیں دیکھ سکتا۔ میں اس بچے کو اپنے سے جُدا کروں گا۔ چنانچہ پاس ہی ایک جنگل میں راجہ نے ایک جھونپڑی

بنوا کر اپنی رانی اور ننھے بچے کو اس میں بھیج دیا۔ چونکہ نجومیوں نے یہ بھی کہہ رکھا تھا۔ کہ راجا انہیں کھانے پینے کے لئے بھی کچھ نہ دے۔ اِس لئے بچاری محلوں کی رہنے والی رانی شہر میں سے مانگ تانگ کر اپنا اور اپنے بچے کا پیٹ پالتی تھی ۔

بچہ بڑا ہؤا۔ بچپن ہی سے نہ اُس کے پاس کھلونے تھے۔ نہ اچھا کھانے اور پہننے کو ملتا تھا۔ اس لئے وہ مضبوط محنتی اور طاقتور نکلا۔ راجاؤں کے لڑکوں کی طرح سُست کمزور اور نازک نہ تھا۔ جب وہ چھوٹا تھا۔ تو ماں دِن بھر اور رات بھر اس کی خدمت کرتی تھی۔ جب وہ بڑا ہؤا۔ تو اپنی ماں کی بہت خدمت کرنے لگا ۔

یہ لڑکا جنگل میں مسافروں سے بہت سی باتیں سیکھا کرتا تھا۔ اور ہر روز فقیروں کا بھیس بدل کر شہر میں جاتا۔ اور وہاں ہر قسم کے کاموں کو دھیان سے دیکھ کر اپنی واقفیت بڑھاتا۔ اس وقت اس لڑکے کی عُمر سولہ سال کی تھی ۔

اسی جنگل میں پاس ہی ایک جُلاہا رہتا تھا۔ جس کی ساری عُمر ایک ہی کپڑا بُننے میں گزر گئی تھی۔ وہ ایک سونے چاندی کے تاروں کی ساری بُنا کرتا تھا۔ اس نے اپنی ساری جائداد بیچ کر ساری کے لئے سونا خرید لیا۔ اور جب ایک لاکھ روپیہ اس ساری کے بنانے پر خرچ ہوچکا تو ساری پوری بن کر تیار ہو گئی ۔

جُلاہا ساری لے کر راجہ نند کے پاس پہنچا۔ اور اس سے عرض کی۔ "حضور کے پاس ساری دُنیا کی اچھی چیزیں ہیں۔ مَیں نے ایک ساری تیار کی ہے۔ جو دُنیا کی سب ساریوں سے اچھی ہے۔ حضور اسے خرید لیں"۔ راجہ نے پُوچھا۔ "اس ساری کی کیا قیمت لو گے"؟ جُلاہے نے کہا۔ "حضور اس کی قیمت دو لاکھ روپیہ ہے"۔

راجہ نے جب اتنی زیادہ قیمت سُنی۔ تو بہت ناراض ہوُا۔ اس نے ساری کو آنکھ اُٹھا کر بھی نہ دیکھا۔ اور جُلاہے سے کہا۔ کہ "جاؤ ہم نہیں خریدتے"۔ بیچارہ جُلاہا بہت غمگین ہوُا۔ اس نے اپنی ساری جائداد اس ساری کے بنانے میں صرف کر دی تھی۔ اور وہ سمجھتا تھا۔ کہ اس کی بہت بڑی قیمت ملے گی۔ لیکن راجہ نے اس کی تمام اُمیدوں پر پانی پھیر دیا۔

جب جُلاہا ہاتھ میں ساری لیئے سر جُھکائے اُداس اپنے گھر جا رہا تھا۔ تو راستے میں وہی لڑکا اسے ملا۔ جب لڑکے نے سُنہری ساری جگمگ جگمگ کرتی ہوئی دیکھی۔ تو وہ بہت خوش ہوُا۔ اور بولا۔ "میاں جُلاہے یہ ساری کتنے کو دو گے"؟

جُلاہے نے کہا۔ "جاؤ میاں لڑکے۔ اس وقت مَیں بہت غمگین ہوں۔ مجھ سے دل لگی نہ کرو۔ تم اسے کیا خریدو گے۔ جھونپڑی میں رہنا اور محلوں کے خواب دیکھنا۔ تُمھارے پاس تو ایک چدام بھی نہیں۔ اور یہ ساری دو لاکھ روپیہ کی ہے۔ اسے تو تُمھارا باپ بھی نہ خرید سکا۔ تُم کیا خریدو گے"؟

لڑکے نے کہا "اوہو! بڑے میاں۔ جب راجہ نند جیسا دولت مند شخص اسے نہ لے سکا۔ اور دو لاکھ روپیہ نہ دے سکا۔ تو تم اسے اَور کہاں بیچو گے؟ ہندوستان بھر میں تو اَور کوئی ایسا امیر دکھائی نہیں دیتا جو اسے لے لے گا۔ تم اسے صندوق میں رکھ چھوڑو گے۔ اور یہ پڑی پڑی خراب ہو جائے گی۔ اس سے اچھا تو یہ ہے۔ کہ تم یہ ساری مجھے دے دو۔ اور میں تمہیں لکھ دیتا ہوں۔ کہ جب میں راجہ ہو جاؤں گا۔ تو تمہیں دو لاکھ کی جگہ تین لاکھ روپے دُوں گا"۔

جُلاہے نے سوچا۔ بات تو ٹھیک ہے۔ آخر کبھی تو یہ لڑکا اپنے باپ کی جگہ راجہ ہوگا۔ بس اسی وقت میری قسمت چمک جائے گی۔ اور تین لاکھ روپیہ ایک دم ہاتھ آجائے۔ یہ سوچ کر اس نے ساری شہزادے کے حوالے کی۔ اور اس سے اقرار نامہ لکھوا لیا۔

لڑکے نے ساری اُٹھائی۔ اور گھر جا کر اپنی ماں یعنی رانی کو دے دی۔ وہ بہت خوش ہوئی۔ اور پُوچھا: بیٹا یہ کہاں سے لائے؟ لڑکے نے سارا قصہ سُنایا۔ اور کہا "اماں میں کبھی تو راجہ ہو ہی جاؤں گا"۔

دُوسرے دِن جب رانی شہر کو چلی۔ تو لڑکے نے کہا "اماں یہ ساری باندھ کر شہر میں جاؤ"۔ چنانچہ رانی نے ساری باندھ لی۔ اور شہر کو چل دی۔ جس وقت وہ راجہ کے محل کے نیچے سے گزر رہی تھی۔ تو دُوسری رانی نے اسے محل کی کھڑکی سے دیکھا۔ بس جل ہی تو گئی! جھٹ بھاگی بھاگی

راجہ کے پاس گئی۔ اور رو رو کر کہا۔ کہ تم نے کنور کی ماں کو نو لاکھوں روپے کی سُنہری ساری دے رکھی ہے۔ مگر میری خبر بھی نہیں لیتے ؟

راجہ حیران تھا۔ اس نے جواب دیا۔ کہ مَیں نے تو کوئی ساری اسے لے کر نہیں دی۔ تم نے یُوں ہی خواب میں دیکھا ؟ جب دُوسری رانی نے راجہ کو اچھی طرح سمجھایا۔ تو راجہ نے اپنی پہلی رانی کو بُلا کر پُوچھا۔ کہ " یہ سُنہری ساری تمہارے پاس کہاں سے آئی ؟ رانی نے کہا۔ کہ مجھے تو کنور نے لا کر دی ہے "۔

بادشاہ اَور بھی حیران ہُوا۔ کہ اس کنگال لڑکے نے کہاں سے اس ساری کی قیمت دے دی۔ فوراً وزیر کو بُلایا۔ اور حکم دِیا۔ کہ کنور کو بہت جلد حاضر کرو۔ وزیر بہت عقلمند تھا۔ وہ اچھی طرح جانتا تھا۔ کہ یہ لڑکا بہت دانا اور ہوشیار ہے۔ اس لئے وہ ایک سَو سوار ساتھ لے کے گیا۔ اور کنور کو بہت عزّت اور شان کے ساتھ دربار میں لایا۔

لڑکا گھوڑے سے اُترتے ہی اپنے باپ راجہ نند کے قدموں پر گر پڑا۔ بادشاہ نے اس لڑکے کے پَیدا ہونے کے بعد اب تک اسے نہیں دیکھا تھا۔ جب وہ پاؤں پر آ کر گرا۔ تو راجہ اس کی خوبصورتی اور عقل و تمیز پر بہت خوش ہُوا۔

لڑکا آداب بجا لا کے کھڑا ہو گیا۔ تو راجہ نے اس سے پُوچھا۔ بیٹا۔ تُم نے مُجلا ہے کو ساری کی قیمت کہاں سے دی ؟ لڑکے نے ہاتھ باندھ

کر عرض کی "حضور میں نے اسے تین لاکھ روپے دینے کا اقرار نامہ لکھ دیا ہے" راجہ نے پوچھا۔ تمہیں کس طرح معلوم ہے۔ کہ تم اپنا وعدہ پورا کرو گے؟ لڑکے نے عرض کی "حضور۔ مان لیجئے۔ میں مرجاؤں۔ یا جلاہا مرجائے۔ تو روپیہ دینا ہی نہ پڑے۔ جب لینے والے اور دینے والے میں سے ایک آدمی نہ ہو۔ تو لین دین کیونکر ہوسکتا ہے؟ اگر یہ دونوں باتیں نہ ہوں۔ تو خدا آپ کو سلامت رکھے۔ شاید کسی وقت میں راجہ بن جاؤں تو بس اُس وقت میں جُلاہے کو ساری قیمت ادا کر دوں گا۔"

راجہ نے جب اپنے نوجوان بیٹے کا ایسا اچھا جواب سُنا۔ تو بہت خوش ہوا۔ اور اس کو گلے سے لگا لیا۔ اسی وقت حکم دے دیا۔ کہ رانی اور کنور پھر محل میں لائے جائیں۔ لڑکا اور اس کی ماں دونوں پھر اسی شاہی محل میں لائے گئے۔ اور وہ وہاں شان و شوکت کے ساتھ رہنے لگے۔

دو چار سالوں کے بعد ہی راجہ نند مرگیا۔ اس کا بیٹا اس کی جگہ راجہ بنا۔ غریب جُلاہے کی قسمت جاگ اُٹھی۔ اور اس نے تین لاکھ روپیہ لے کر اپنی باقی عُمر عزت اور آرام سے بسر کی۔

بادشاہوں کا مزاج

مُلک فارس میں ایک بادشاہ تھا۔ جو حکیموں اور عقل مند آدمیوں کی بڑی قدر کرتا تھا۔ اُس نے کسی دُور دراز مُلک سے ایک حکیم کو بُلایا۔ اور اُسے حکم دِیا۔ کہ ایک ایسی کتاب بناؤ۔ جس میں تمام بیماریوں کے علاج کے طریقے لکھے ہوں۔ اور وہ کتاب ایسی سادہ عبارت میں ہو۔ جسے بچّہ بھی پڑھے تو سمجھ لے۔

ایسی کتاب وہ اس لئے لکھانا چاہتا تھا۔ کہ سارے بادشاہی خاندان میں اس کی ایک ایک جلد بانٹ دی جائے۔ اور ہر شخص اُسے پڑھ کر اپنا علاج آپ کرلے۔

حکیم صاحب نے بادشاہ کے حُکم کے مطابق ایک نہایت اعلیٰ درجے کی کتاب لکھی۔ بادشاہ کو نہایت پسند آئی۔ اور اس نے حکیم صاحب کو لاکھوں روپے انعام دِیئے۔

تھوڑی دیر کے بعد حکیم صاحب فوت ہوگئے۔ تو اُن کا بیٹا اُن کی جگہ بادشاہی حکیم مقرر ہوا۔ اُس نے بھی بادشاہ کو اپنی خِدمتوں سے بہت خوش کیا۔ اس لئے وہ بھی زندگی آرام سے بسر کرتا رہا۔

ایک دن بادشاہ وہی کتاب پڑھ رہا تھا۔ اُس نے ایک جگہ لکھا

دیکھا۔ کہ اگر کوئی شخص دو پاپڑ اور ایک پاؤ دہی کھالے۔ تو وہ دو گھنٹے کے اندر اندر مر جائے گا۔

بادشاہ یہ پڑھ کر بہت حیران ہوا۔ اور دل میں سوچنے لگا۔ عجب بے عقل حکیم تھا۔ جس نے یہ واہیات بات کتاب میں لکھ دی ہے بھلا پاپڑ اور دہی میں کون سا زہر ملایا جاتا ہے جس سے انسان مر جائے گا۔

اتنے میں حکیم کا بیٹا حاضر ہوا۔ بادشاہ نے اس سے پوچھا۔ کہ حکیم صاحب آپ کے والد نے یہ عجیب بات کتاب میں لکھ دی ہے۔ کہ پاپڑ اور دہی کھانے سے آدمی مر جاتا ہے۔ مجھے تو اس پر یقین نہیں آتا۔ حکیم صاحب کے بیٹے نے جواب دیا۔ حضور۔ میرے والد دنیا میں مانے ہوئے حکیم تھے۔ اُن کی لکھی ہوئی بات غلط نہیں ہو سکتی۔ جو کچھ اُنہوں نے لکھا ہے درست ہے۔ یہ سُن کر بادشاہ نے کہا۔ اچھا کسی گنوار جاٹ کو بُلا لاؤ۔ تاکہ اُس پر اس بات کا تجربہ کیا جائے۔

حکیم کے بیٹے نے اسی وقت ایک جاٹ کو پکڑوا منگایا۔ رات کے وقت اُسے پاپڑ اور دہی کھلایا۔ اور سُلا دیا۔ صبح ہوئی تو میاں جاٹ دندناتے ہوئے اُٹھے۔ حکیم کا بیٹا یہ دیکھ کر حیران رہ گیا۔ بادشاہ نے کہا۔ دیکھا؟ ہم نے بالکل درست کہا تھا۔ کہ حکیم صاحب نے اس بارے میں غلطی کی ہے۔ حکیم صاحب نے عرض کی۔ حضور دو مہینے تک مجھے مہلت دیں۔ اور اس جاٹ کو میرے پاس رہنے دیں۔ اس کے بعد میں اس

بات کا جواب دے سکوں گا ۔

بادشاہ نے اجازت دے دی۔ اب حکیم کے بیٹے نے اس جاٹ کو اچھے اچھے بادشاہی کھانے کھلانے شروع کئے۔ ریشمی کپڑے اور عمدہ پوشاکیں۔ اور سونے کے لئے مخمل کا بستر بنا دیا ۔ ہر روز وہ جاٹ سیر شکار میں لگا رہتا۔ شام کے وقت آ کر کھانا کھاتا۔ اور مزے سے سو رہتا ۔

اسی طرح جب دو مہینے گزر گئے۔ تو ایک دن حکیم نے چاہا۔ کہ اس جاٹ کے مزاج کو جانچیں ۔ ابھی وہ سیر سے فارغ ہو کر گھر میں نہ آیا تھا۔ کہ حکیم کے بیٹے۔ نے کاغذ کے دو گول گتے کاٹ کر جاٹ کے پلنگ کے دو پایوں کے نیچے رکھ دیئے ۔ جس وقت وہ واپس آیا۔ تو کھانا کھا کر بستر پر لیٹا ہی تھا۔ کہ بے قرار ہو کر اُٹھ بیٹھا ۔ پھر لیٹ گیا۔ پھر گھبرا کر اُٹھا۔ اور بولا۔ آج پلنگ کچھ ناہموار معلوم ہوتا ہے۔ یہ کیا بات ہے ؟ حکیم کے بیٹے نے سمجھ لیا۔ کہ اب اس کا مزاج بہت نازک ہو گیا ہے ۔ خدا کی شان وہ جاٹ جو سارا سارا دِن دھوپ میں ہل چلایا کرتا تھا۔ آج اُس کی طبیعت ایسی نازک ہو گئی۔ کہ کاغذ کے گتے پایوں کے نیچے رکھنے سے اُسے پلنگ ناہموار معلوم ہوتا ہے !

دُوسرے دن اُس نے جاٹ کو بادشاہ کے دربار میں پیش کیا۔ اور کہا۔ اب اس کی آزمائش آپ ہی کریں۔ بادشاہ نے منظور کیا۔ اور رات

کے وقت اسے محل میں لاکو پاپڑ اور دہی کھلایا۔ اوّل تو جاٹ یہ چیزیں کھانا بہت ہچکچایا۔ کیونکہ جو شخص دو مہینوں سے بادشاہی کھانے کھاتا ہو اُس سے ایسی چیزیں کب کھائی جاسکتی ہیں؟ مگر بادشاہ کے حکم کے آگے وہ لاچار تھا۔ کھاپی کر سوگیا۔ کوئی دو گھنٹے کے بعد بادشاہ نے آکر اُسے دیکھا: تو اُس کا دم نکل چکا تھا۔

بادشاہ بہت حیران ہوُا۔ حکیم کے بیٹے کو بُلایا۔ اور پوچھا۔ کہ اب سے دو مہینے پہلے یہ ان چیزوں کے کھانے سے نہ مرا۔ اور اب مرگیا یہ کیا بھید ہے؟

حکیم کے بیٹے نے عرض کی۔ حضور۔ میرے والد نے وہ کتاب بادشاہوں کے علاج کے لئے لکھی ہے۔ اور اس میں سب باتیں بادشاہوں کے مزاج کے مطابق درج کی ہیں۔ مَیں نے اس جاٹ کو دو مہینے آرام اور عیش میں رکھ کر اس کے مزاج کو بادشاہوں کے برابر نازک اور نرم کردیا۔ اس لئے ان چیزوں کا اثر اس پر ایسا ہوُا۔ کہ دو گھنٹے کے اندر اس کا دم نکل گیا۔ آپ یہ خیال نہ کریں۔ کہ جن دواؤں سے آپ کو تندرستی ہوجاتی ہے۔ وہی دوائیں عام لوگوں کی بیماریوں کو دُور کرسکتی ہیں۔

پیارے ننھے بچو۔ انسان جتنا عیش وعشرت میں پڑے اور آرام طلبی کرے۔ اتنا ہی کمزور اور نازک ہوجاتا ہے۔ تم کو چاہیئے۔ کہ نہ تو اتنی محنت کرو۔ کہ بیمار ہوجاؤ۔ اور نہ اتنی آرام کی عادت ڈالو۔ کہ پھر تم سے

کوئی محنت کا کام ہی نہ ہو سکے ۔

ایک نجومی کا انجام

ایک دن بغداد کا مشہور خلیفہ ہارون رشید دربار میں تخت پر بیٹھا انصاف کر رہا تھا ۔ اتنے میں چوبدار نے آ کر خبر دی ۔ کہ ایک نجومی حضور سے ملنا چاہتا ہے ۔ خلیفہ کو نجومیوں حکیموں اور داناؤں سے ملنے کا نہایت شوق تھا ۔ اُس نے حکم دیا ۔ کہ اچھا اُسے حضور میں حاضر کرو ۔

نجومی آداب بجا لاتا ہوا دربار میں داخل ہوا ۔ اور ہاتھ باندھ کر بادشاہ کے حضور میں کھڑا ہو گیا ۔ بادشاہ سلامت نے کہا ۔ کہ اگر تجھے نجوم کا علم آتا ہے ۔ تو اچھا یہ بتا ۔ کہ آج کل میرا نائب وزیر فضل کہاں ہے ۔ نجومی نے حساب لگا کر اپنے علم کے رُو سے عرض کی ۔ کہ حضور وہ اس وقت خراسان میں ہے ۔ اور جس کام کے لئے بھیجا گیا تھا ۔ وہ اس نے پُورا کر لیا ہے ۔ اور واپس آیا چاہتا ہے ۔

اس کے بعد خلیفہ نے نجومی سے پُوچھا ۔ کہ میری بیگم کے لڑکا ہو گا ۔ یا لڑکی ؟ نجومی نے فوراً حساب لگا کر بتایا ۔ کہ حضور کے گھر لڑکا پیدا ہو گا ۔ اور تھوڑے دنوں میں پیدا ہونے والا ہے ۔

بادشاہ نے دو تین سوال اَور پُوچھے۔ ان کے جواب بالکل صحیح اور سچّے نکلے۔ نجومی سے فرمایا۔ کہ نائب وزیر فضل بھی آنے والا ہے۔ اور لڑکا بھی پیدا ہونے والا ہے۔ اس لئے تم اس وقت تک ٹھہرو۔ کہ ہمیں تُمہاری باتوں کا جھوٹ سچ معلوم ہو جائے۔ نجومی نے منظور کر لیا۔ اور وہیں رہنے لگا۔

کچھ دنوں کے بعد نائب وزیر خراسان سے اپنا کام کر کے واپس آ گیا۔ اور بادشاہ سلامت کے گھر لڑکا بھی پیدا ہو گیا۔ بادشاہ نہایت خوش ہوئے۔ نجومی کو بلایا۔ اور بہت سا انعام دے کر اپنے دربار میں جگہ دی۔

چند روز بعد ایک دِن بادشاہ کو بیٹھے بیٹھے یوں ہی کچھ خیال سا آگیا۔ نجومی کو بُلا کر پُوچھا۔ کہ بتاؤ ہماری کتنی عُمر باقی ہے؟ نجومی نے حساب لگایا۔ زائچہ دیکھ کر دبی زبان سے آہستہ بولا۔ کہ علم کی رُو سے تو بادشاہ سلامت کی عمر کا صرف ایک سال باقی ہے۔ اس سے زیادہ حضور نہیں جیئں گے۔

نجومی کا یہ کہنا تھا۔ کہ سارے دربار پر سناٹا چھا گیا۔ امیر وزیر اہلکار سب خاموش تھے۔ خلیفہ کا رنگ فق ہو گیا۔ گھُٹنے پر سر رکھا۔ آہ کی۔ اور گہرے خیالات میں غرق ہو گیا۔ سوچا۔ افسوس عُمر بالکل بے کار گذری۔ ایک دم خدا کا نام دل سے نہ لیا۔ دل میں خواہش تھی۔ کہ اب سلطنت چھوڑ کر خدا کی عبادت کروں گا۔ مگر اب تو صرف ایک سال باقی ہے۔ ایک سال میں سلطنت کا چھوڑنا۔ کام شہزادے کے سپرد کرنا۔ مُلک کا انتظام

وصیت کرنا۔ اتنے کام بھی ختم نہیں ہو سکتے۔ عبادت کا کون سا وقت ہو؟ افسوس خدا کے سامنے کیا جواب دُوں گا ۔

اتنے میں وزیر اعظم جعفر آیا۔ اُس نے دیکھا۔ کہ بادشاہ بہت غمگین ہے۔ اور دمبدم سرد آہ بھرتا ہے۔ اور کسی طرح اس کی تسلی نہیں ہوتی۔ اُس نے ہاتھ باندھ کر عرض کی۔ حضور خانہ زاد حاضر ہے۔ حضور کیوں اُداس ہیں؟ دو باتیں خاکسار سے کیجئے۔ شاید بندہ حضور کے کسی کام آسکے۔ میں جان، مال، عزت سب خلیفہ پر قربان کرنے کو حاضر ہُوں ۔

خلیفہ ہارون رشید نے گھٹنے پر سے سر اُٹھایا۔ تو رنگ زرد تھا آنکھوں سے آنسو جاری تھے۔ بھرائی ہوئی آواز سے بولا " جعفر! تم جانتے ہو۔ اس نجومی نے آج تک جو کچھ کہا۔ سب سچ نکلا۔ اب اس نے یہ بتایا ہے۔ کہ میں ایک سال سے زیادہ نہیں جی سکتا۔ میں مرنے سے نہیں ڈرتا۔ مگر میں اس لئے غمگین ہوں۔ کہ خدا کی عبادت اچھی طرح نہ کر سکا۔ ایک سال کی مہلت نہایت کم ہے "۔

دانا وزیر جعفر نے عرض کی۔ حضور۔ یہ کوئی پیغمبر تو نہیں۔ کہ جو کچھ یہ کہہ دے سچ ہو۔ آخر علم کا پھیر ہے۔ اس میں غلطی ہو جاتی ہے۔ اگر حکم ہو۔ تو میں ابھی جھوٹ سچ کھول دُوں۔ خلیفہ نے کہا۔ ہاں اگر تم مجھے کسی طرح اس نجومی کے جھوٹا ہونے کا یقین دلا دو۔ تو مجھے تسلی ہو سکتی ہے ۔

جعفر نے نجومی سے پوچھا۔ کہ کیا تم بتا سکتے ہو۔ کہ تمہاری عمر کتنی باقی

ہے ؟ اُس نے اپنا زائچہ دیکھ کر کہہ دیا۔ کہ مَیں ابھی تیس سال نہیں مرتا۔
جعفر نے جلاّد کو حکم دیا۔ کہ نجومی کا سرتن سے اُڑا دے۔ حکم کی دیر تھی تلوار سن سے چلی۔ اور بدقسمت نجومی کا سر الگ اور دھڑ الگ تڑپ رہا تھا۔

جب وہ مر گیا۔ تو جعفر نے خلیفہ ہارون رشید سے عرض کی۔ حضور یہ تو اپنی باقی عمر تیس سال بتاتا تھا۔ اسے مرتے ہوئے تیس منٹ بھی نہ لگے۔ جو اپنی موت کی نسبت صحیح اندازہ اپنے علم سے نہیں لگا سکتا۔ وہ دُوسرے کی زندگی اور موت کی نسبت کیا کہہ سکتا ہے ؟

ان باتوں کو سُن کر خلیفہ ہارون رشید کو تسلّی ہوئی۔ اور پھر وہ خوش اور بشاش نظر آیا۔ مگر اس کے بعد زیادہ تر عبادت میں مشغول رہتا تھا۔ وہ کہا کرتا تھا۔ کیا معلوم کس وقت مَوت آ جائے۔

ٹوکری پانی سے بھرو

ایک دفعہ کا ذکر ہے۔ کسی بادشاہ کو ایک ایمان دار وزیر کی ضرورت تھی۔ اس کے پاس دو آدمی نوکری کرنے کو آئے۔ بادشاہ نے ان دونوں کو آزمانے کے لئے حکم دیا۔ کہ کل صبح سے شام تک کوئیں سے پانی بھر بھر کر

اس ٹوکری میں ڈالتے رہو۔ ہم شام کے وقت آ کر تمہارا کام دیکھیں گے۔

بادشاہ تو اُن دونوں کو اس کام پر لگا کر چلا گیا۔ اور اُنہوں نے کنوئیں سے ڈول بھرنا اور ٹوکری میں ڈالنا شروع کیا۔ تھوڑی دیر کے بعد اُن میں سے ایک بولا۔ کہ ایسے واہیات کام کرنے سے کیا فائدہ ہے؟ ہم جب پانی ٹوکری میں ڈالتے ہیں۔ وہ فوراً بہہ جاتا ہے۔ دُوسرے شخص نے جواب دیا۔ کہ ہمیں اس سے کیا مطلب کہ یہ کام اچھا ہے یا بُرا؟ ہمارے مالک نے ہمیں اس کام پر لگایا ہے۔ ہمیں چاہیئے۔ کہ یہی کام کریں خواہ اس میں کوئی فائدہ ہو یا نہ ہو۔ پہلے نے کہا۔ کہ میں تو اس بے ڈھنگے کام کو پسند نہیں کرتا۔ یہ کہا اور اپنا ڈول پھینک کر چلا گیا۔ دُوسرا آدمی اپنا کام اسی طرح کرتا رہا۔

شام کے وقت جب کنواں پانی سے قریباً خالی ہو گیا۔ تو اسے اپنے ڈول میں کوئی چیز چمکتی نظر آئی۔ یہ ایک قیمتی سونے کی انگوٹھی تھی۔ جو پانی کے ساتھ ڈول میں کنوئیں سے کھنچ آئی تھی۔ تب اُس نے کہا۔ کہ اوہو! اب میں سمجھا۔ کہ کیوں ہمیں ٹوکری میں پانی ڈالنے کا حکم دیا گیا تھا۔ اگر ٹوکری میں پانی نہ ڈالا جاتا۔ تو یہ انگوٹھی ضرور کھوئی جاتی۔

اس وقت بادشاہ بھی اپنے امیروں وزیروں کے ساتھ وہاں آپہنچا اُس شخص نے انگوٹھی لا کر پیش کی۔ بادشاہ انگوٹھی دیکھ کر بہت خوش ہوا۔ اور انگوٹھی اسے ہی واپس دے کر کہا: کہ میں نے اس چھوٹے سے کام

ہی میں تمہاری ایمان داری دیکھ لی۔ اب میں بڑے بڑے کاموں میں بھی تُم پر اعتبار کر سکتا ہوں۔ اس لئے آج سے تم میرے وزیر مقرر ہوئے۔

پیارے ننھے بچو۔ تم اس کہانی سے دو باتیں سیکھ سکتے ہو۔ ایک تو یہ کہ جو حکم دیا جائے۔ خواہ اس میں کوئی فائدہ ہو یا نہ ہو۔ اُسے بجالانا چاہیئے۔ دُوسری بات یہ کہ ہر کام میں ایمان دار رہنے سے انسان بڑا مرتبہ حاصل کر سکتا ہے۔

چُھپا خزانہ

پُرانے زمانے کا ذکر ہے۔ ملک فارس میں شاہ عباس اوّل حکومت کرتا تھا۔ اس کو سیر و شکار کا بہت شوق تھا۔ ایک دن وہ اپنے امیروں وزیروں کے ساتھ شکار کھیل رہا تھا۔ کہ اچانک اس کی نظر ایک ہرن پر پڑی۔ اس کے پیچھے گھوڑا ڈال دیا۔ یہاں تک کہ اپنے ساتھیوں سے الگ بہت دُور جنگل میں نکل گیا۔ وہاں پہنچ کر ہرن کہیں چُھپ گیا۔ بادشاہ کچھ سوچ ہی رہا تھا۔ کہ کیا کروں۔ آگے جاؤں یا واپس چلا جاؤں۔ کہ اتنے میں ایک طرف سے بانسری کی آواز سُنائی دی۔ بادشاہ نے آواز سُن کر گھوڑے کی باگ اُسی طرف موڑ دی۔ تھوڑے فاصلے پر درختوں کے جھنڈ

کے دُوسری طرف بادشاہ نے دیکھا۔ کہ ایک گڈریے کا لڑکا بڑے مزے مزے سے بانسری بجا رہا ہے۔ بادشاہ سیدھا اس لڑکے کے پاس پہنچا۔ اور اِدھر اُدھر کی باتیں کرنے لگا۔ لڑکا ہر بات کا جواب بہت ادب اور تمیز کے ساتھ دیتا تھا۔ اس لئے بادشاہ اس سے بہت خوش ہوُا۔

اتنے میں بادشاہ کے نوکر بھی اُدھر آ نکلے۔ جب لڑکے کو معلوم ہوُا۔ کہ مَیں جس شخص سے ابھی باتیں کر رہا تھا۔ وہ بادشاہ ہے۔ تو وہ بہت ڈرا۔ اور سوچنے لگا۔ کہ کہیں میرے مُنہ سے کوئی بے ادبی کا لفظ تو نہیں نکلا۔ بادشاہ نے عقل مندی سے سمجھ لیا۔ کہ لڑکے کے دل میں گھبراہٹ سی پَیدا ہو رہی ہے۔ اسی وقت لڑکے کو پیار کیا۔ اور اُسے تسلی دی۔

بادشاہ اس گڈریے کو اپنے ساتھ پایۂ تخت میں لے آیا۔ اور اس کے پڑھانے لکھانے کے لیے لائق اُستاد رکھے۔ تمام امیر وزیر اور خود بادشاہ اس گڈریے کے علم اور عقل پر نہایت خوش تھے۔ بادشاہ نے اس کا نام محمد علی بے رکھا۔ اور اپنے محلوں کا ناظر بنا دِیا۔ محمد علی بے بہت ایماندار تھا۔ اسی سبب سے بادشاہ اس پر ہمیشہ مہربانی کرتا تھا۔ بلکہ دو دفعہ اسے شہنشاہ دہلی کے پاس ایلچی بنا کر روانہ کیا۔ دہلی پہنچ کر اس نے سب کام نہایت اچھی طرح ادا کئے۔ شہنشاہ دہلی کو بھی خوش کیا۔ اپنے بادشاہ کو بھی خوش کیا۔ وہ کسی سے رشوت نہ لیتا تھا۔ نہ کسی کو دُکھ دیتا تھا۔ اور دن بدن اُس کی عزت بڑھتی ہی جاتی تھی۔

بادشاہ محمد علی بے پر بہت مہربان تھا۔ اس کی ترقّی دیکھ کر دربار کے امیر وزیر اس کے دُشمن ہو گئے۔ وہ ہمیشہ اس گھات میں رہتے تھے۔ کہ مَوقع ملے۔ تو اس کو بادشاہ کی نظروں سے گرا دیں۔ چونکہ بادشاہ کو محمد علی بے کی ایمانداری پر پکّا بھروسہ تھا۔ اس لئے امیروں وزیروں کی کچھ نہ چل سکتی تھی۔

کچھ عرصے بعد شاہ عباس مر گیا۔ اس کی جگہ اس کا نوجوان لڑکا شاہ صفی تخت پر بیٹھا۔ یہ لڑکا محمد علی کی خُوبیوں سے واقف نہیں تھا۔ اس لئے محمد علی کے دُشمنوں کو مَوقع مل گیا۔ کہ بادشاہ کو محمد علی بے کی طرف سے ورغلائیں۔

ایک دن اس کے دُشمنوں نے بادشاہ کے حضور میں عرض کی۔ کہ محمد علی نے بڑی بڑی سرائیں اور محل بنوائے ہیں۔ جب آدمی کی آمدنی تھوڑی سی ہو۔ وہ ایسی ایسی عمدہ عمارتیں کیوں کر بنوا سکتا ہے؟ ضرور محمد علی نے رشوت کے روپے سے عمارتیں بنوائی ہیں۔ بادشاہ نے پہلے بھی اس کی بہت سی شکایتیں سُنی تھیں۔ اس نے محمد علی کو حکم دیا۔ کہ پندرہ دن کے اندر اندر اپنا حساب پیش کرو۔ اس نے عرض کی " جہاں پناہ۔ بندہ کو پندرہ دِن کی مہلت نہیں چاہیئے۔ حضور کل ہی حساب دیکھ لیں"۔ چنانچہ دُوسرے دِن بادشاہ نے تمام محل کا اسباب اور خزانہ اپنے سامنے منگوایا۔ اس میں ایک پائی کی بھی بے ایمانی نہ دیکھی۔ پھر بادشاہ اُس کے گھر گیا۔ اور دیکھا

کہ ہر ایک کوٹھڑی میں اسباب بہت سادہ اور غریبانہ ہے۔ بادشاہ یہ دیکھ کر بہت حیران ہُوا۔

جب بادشاہ واپس لوٹنے لگا۔ تو ایک غلام کی نظر ایک کوٹھڑی پر پڑی۔ اس کوٹھڑی کے دروازے میں تین مضبوط "تالے چڑھے ہوئے تھے" غلام نے بادشاہ سے کہا "حضور اس کوٹھڑی میں خدا جانے کیا ہے۔ بادشاہ" نے محمد علی سے پُوچھا "اس میں کون سا خزانہ چھپا ہے جس کی اس قدر حفاظت کر رہے ہو؟ اس نے عرض کی۔ کہ" جو کچھ حضور نے دیکھا۔ یہ سب حضور کا دیا ہُوا ہے لیکن اس کوٹھڑی میں میرا اپنا مال ہے" بادشاہ نے حکم دیا۔ اسے کھولو۔ جب تینوں تالے کھلے۔ تو بادشاہ نے کیا دیکھا۔ کہ اس میں ایک گڈریوں کی لاٹھی۔ ایک تھیلا۔ ایک مشک۔ ایک بانسری اور گڈریوں کے سے کپڑوں کا ایک جوڑا رکھا تھا۔

یہ چیزیں دیکھ کر بادشاہ بہت حیران ہُوا۔ اور پوچھنے لگا۔ کہ یہ چیزیں کیوں رکھی ہیں؟ محمد علی نے ساری رام کہانی شروع سے لے کر آخر تک سُنا دی۔ اور کہا۔ کہ حضور کے والد صاحب نے مجھے اس طرح عزت بخشی تھی۔ لیکن میں کبھی اپنی اصل کو نہیں بُھولا۔ اگر آج آپ مجھے اپنی نوکری سے نکال دیں۔ تو کل سے میں پھر گڈریا بننے کو تیار ہُوں" بادشاہ یہ سُن کر بہت خوش ہُوا۔ دربار میں آیا۔ خلعت عطا کی۔ اور عُمر بھر اس کی عزت کرتا رہا۔

پیارے ننھے بچو! آدمی کو چاہیئے۔ کہ اگر دولت مند بن جائے۔ تو اپنی پہلی حالت کو نہ بھُولے۔ اور انصاف اور سچائی کو نہ چھوڑے۔ اس میں بڑی عزت ہے ٭

دو کُتّوں کی کہانی

ایک بادشاہ کے امیر وزیر آرام طلبی کی وجہ سے نہایت سُست ہو گئے تھے۔ اُنہیں سیر شکار اور مزے دار کھانے کھانے کی عادت پڑ گئی تھی۔ سلطنت کا کام کاج رُکا ہُوا تھا۔ اور کوئی ایسا نہ تھا۔ کہ مُلک کے انتظام میں پُورے طور پر بادشاہ کا ہاتھ بٹا سکے۔ بادشاہ اُن کی عادتوں سے سخت تنگ آ گیا تھا۔ مگر چونکہ بہت عقل مند تھا۔ اس لئے اُس نے سوچا۔ کہ اُنہیں برخاست کر دینے یا کوئی سزا دینے سے مُلک میں بغاوت پھیل جائے گی۔ اس لئے کسی نہ کسی طرح اُنہیں سمجھا دیا جائے۔ کہ تُمہاری یہ بُری حالت ہے۔ اور اس کا انجام بہت بُرا ہوگا۔

آخر اُس نے بڑے غور کے بعد یہ تجویز نکالی۔ کہ سب درباریوں کے سامنے ایک اعلیٰ قسم کی کُتیا کے دو بچے منگوائے۔ اور سب سے کہا۔ کہ میں چاہتا ہُوں۔ ایک عمدہ کُتا اپنے پاس رکھوں۔ میں ان دونوں بچوں

کو پالوں گا۔ اور ایک سال کے بعد تُمہارے سامنے یہ دونوں کُتّے لائے جائیں گے۔ تم سب کو جو کُتّا پسند آئے گا۔ ہم اُسے ہی اپنے پاس رکھیں گے۔ سب درباریوں نے کہا۔ کہ حضور کی تجویز نہایت اچھی ہے۔ سال بھر کے بعد یہ اچھی طرح معلوم ہو سکے گا۔ کہ کون سا کُتّا رکھنے کے لائق ہے۔

بادشاہ نے دونوں کُتّوں کو محل میں بھیج دیا۔ اور خود ان کے کھانے کا بندوبست کر دیا۔ ایک کُتّے کو عمدہ اور لذیذ کھانے ملا کرتے۔ اور دُوسرے کو روٹی کے سُوکھے ٹکڑے۔ اس وجہ سے پہلا کُتّا تو خُوب موٹا تازہ نکلا۔ مگر دُوسرا کُتّا سُوکھ کر کانٹا ہو گیا۔

ایک سال گذرنے پر بادشاہ نے دونوں کُتّوں کو دربار میں منگوایا۔ اور سب لوگوں سے کہا۔ کہ تمہیں ان میں سے کون سا کُتّا پسند ہے؟ سب نے موٹے کُتّے کی طرف اشارہ کیا۔ مگر بادشاہ نے کہا۔ کہ مجھے تُمہارا فیصلہ پسند نہیں۔ میں پہلے اِن کُتّوں کا امتحان لیتا ہُوں۔ اس میں جو کامیاب ہُوا۔ اُسی کو رکھوں گا۔

یہ کہہ کر بادشاہ نے ایک طرف ایک خرگوش کو بٹھا دِیا۔ اور ایک طرف ایک کھانے کی رکابی رکھ دی۔ اس کے بعد کُتّوں کو چھوڑ دیا۔ خرگوش کُتّوں کو دیکھ کر سرپٹ بھاگا۔ دُبلے کُتّے نے پُھرتی سے اُس کا پیچھا کیا۔ اور فوراً پکڑ کر چیر ڈالا۔ مگر موٹا کُتّا چھُوٹتے ہی کھانے کی رکابی

پر گر پڑا۔ اور اُس نے خرگوش کی طرف آنکھ اُٹھا کر بھی نہ دیکھا۔ یہ دیکھ کر سب درباری اپنے فیصلہ پر شرمندہ ہو گئے۔

بادشاہ نے اُن سے کہا۔ کہ اگر میں تم سا عقلمند ہوتا۔ تو اسی موٹے کُتے کو پسند کرتا۔ مگر تم بھی میری نظر میں اسی موٹے کُتے کی مانند ہو۔ جو اچھے اچھے کھانے کھا کر موٹا ہو گیا ہے۔ مگر ہمارے کسی کام کا نہیں رہا۔ تم بھی ایسے ہی ہو۔ ہمارا خزانہ خالی کر رہے ہو۔ اور سلطنت کا کوئی کام نہیں کرتے۔ اگر تمہاری یہی حالت رہی۔ تو آخر مجھے تم کو الگ کرنا پڑے گا۔ سب امیر بادشاہ کی بات سے سخت شرمندہ ہوئے۔ اور اُسی دِن سے سب مُلک کے بندوبست کرنے۔ رعایا کو آرام پہنچانے اور بادشاہ کی خدمت کرنے میں مصروف ہو گئے۔

اصلی شرافت

کہتے ہیں۔ کسی مُلک میں ایک بادشاہ تھا۔ بڑا خوش مزاج اور نیک خصلت۔ اُس بادشاہ کے ایک لڑکا تھا۔ نہایت تیز مزاج۔ بدخُو اور مغرور ایسا۔ کہ کسی کو اپنے برابر نہ سمجھتا تھا۔ اور ہر ایک کو نفرت کی نظر سے دیکھتا۔ اور بُرا سمجھتا تھا۔ اُستاد ڈر کے مارے کچھ نہ کہہ سکتے تھے۔ اور بادشاہ کے خوف

سے اُس کے مزاج کی درستی نہ کر سکتے تھے۔

بُری عادتیں دِن بدن اُس کی خصلت میں بیٹھتی گئیں۔ یہاں تک کہ جب اُس کی عُمر بیس برس کی ہوئی۔ اور شادی بھی ہوگئی۔ تو بھی مزاج نہ بدلا۔ اب بادشاہ کو خیال پیدا ہوُا۔ کہ کسی طرح اُس کے مزاج کی درستی کی جائے۔

اتفاقاً اُنہی دِنوں اس کے ہاں پوتا پیدا ہوُا۔ اور اُسی دِن اُس کے ایک نوکر کے گھر میں بھی لڑکا پیدا ہوُا۔ بادشاہ یہ خبر سُن کر محل سرا میں گیا۔ حکم دیا۔ کہ دونوں لڑکوں کو ایک پلنگ پر پاس پاس لِٹا دیں۔ یہ کہہ کر بادشاہ تو چلا گیا۔ اور شہزادہ اپنے بچّے کو دیکھنے محل سرا میں آیا۔ دیکھا کہ دو لڑکے ایک ہی شکل صورت کے پلنگ پر پاس پاس لیٹے ہیں۔ بہت حیران ہوُا۔ اور نوکروں سے پُوچھا۔ کہ ان میں میرا لڑکا کون سا ہے؟

اُنھوں نے کہا۔ کہ ہم کو معلوم نہیں۔ شہزادہ بہت شرمندہ ہوُا۔ اور نوکروں کو مارنے ہی کو تھا۔ کہ اتنے میں بادشاہ آ گیا۔ اور سب حال سُن کر شہزادے سے کہا۔ کہ تم کو اپنی شرافت اور ذات پر بہت گھمنڈ ہے۔ کیا تم اتنا نہیں بتا سکتے۔ کہ ان دونوں لڑکوں میں تمہارا شریف لڑکا کون ہے۔ اور دوسرا رذیل کون سا ہے؟ تمہارا لڑکا تو بہت اچھا اور شریف ہونا چاہیئے۔ پھر کیا وجہ ہے۔ کہ تُم اُسے پہچان نہیں سکتے؟

یہ کہہ کر بادشاہ نے پوتے کو گود میں اُٹھا لیا۔ اور کہا۔ لو میَں تمہیں بتاتا

ہُوں۔ تمہارا لڑکا یہ ہے۔ لیکن یاد رکھو۔ کہ مَیں نے اسے ایک خاص بات سے پہچانا ہے۔ اور وہ یہ ہے۔ کہ جب مَیں پہلے اسے دیکھنے آیا تھا۔ تو اس کے گلے میں ایک ڈورا باندھ گیا تھا۔ اگر وہ ڈورا نہ ہوتا۔ تو مَیں بھی ہرگز نہ پہچان سکتا ۔

اب تم نے یہ دیکھ لیا۔ کہ خدا کے ہاں سے نہ کوئی شریف آتا ہے۔ نہ رذیل۔ سب ایک سے آتے ہیں۔ ہاں شکلیں ضرور الگ الگ ہوتی ہیں۔ مگر اس میں بھی ادنے اعلےٰ اور غریب امیر کا کچھ فرق نہیں ۔ بعض غریبوں کے بچّے ایسے خوبصورت ہوتے ہیں۔ کہ امیروں کے بچّے اُن کی ایڑی کی بھی برابری نہیں کر سکتے ۔ اگر ان دونوں بچّوں کو ہی انصاف کی نظر سے دیکھو۔ تو نوکر کا لڑکا تُمہارے لڑکے سے نقشے میں اچھا ہے ۔

شہزادہ باپ کی بات سُن کر بہت شرمندہ ہُوا۔ اپنی غلطی کا اقرار کیا۔ اور اس روز سے لوگوں کو نفرت اور حقارت سے دیکھنا چھوڑ دیا ۔

تھوڑے دِنوں بعد بادشاہ کو شہزادہ کے درست کرنے کا ایک اَور مَوقع ہاتھ آیا۔ شہزادہ بیمار ہوگیا۔ اور حکیموں نے اس کی فصد لینی تجویز کی ۔ اتفاقاً ایک اَور غلام کو بھی وہی بیماری ہو رہی تھی ۔ بادشاہ نے اس کو بُلوایا۔ اور حُکم دِیا۔ کہ دونوں فصدیں کھولو۔ اور ایک پیالے میں شہزادے کا خُون لو۔ اور دُوسرے میں غلام کا ۔ جب حکیم علیحدہ علیحدہ پیالوں میں خُون لے چُکے۔ تو بادشاہ نے حکم دیا۔ کہ دونوں پیالوں کا خُون دیکھو

اور بتاؤ۔ کہ کون سا اچھا اور صاف ہے۔ حکیموں نے دونوں کا خون اچھی طرح دیکھ بھال کر کہا۔ کہ حضور غلام کا خون زیادہ اچھا اور زیادہ صاف ہے۔

بادشاہ لڑکے کی طرف مخاطب ہوکر بولا۔ کہ تم نے سُنا۔ کس کا خون زیادہ صاف اور اچھا ہے؟ تمہارا یا تمہارے غُلام کا؟ لڑکے نے شرمندگی سے جواب دیا۔ کہ بے شک غلام کا خون زیادہ صاف اور اچھا ہے۔ بادشاہ نے کہا۔ کہ اس کی وجہ بھی جانتے ہو؟ وجہ یہ ہے۔ کہ تم بات بات پر غصے ہوتے رہتے ہو۔ اور لوگوں سے غُصے ہوکر طیش میں آجاتے ہو۔ اور اپنے خُون کو جلاتے رہتے ہو۔ غلام ہر وقت ہنسی خوشی رہتا ہے۔ اس لئے اس کا خُون خراب نہیں ہوتا۔

دُوسرے یہ بات ہے۔ کہ تم اپنے اس قسم کے مزاج کے سبب عمدہ سے عمدہ کھانوں۔ لباسوں اور سامانوں کو بھی دیکھ کر خوش نہیں ہوتے۔ اسی لئے تم کو کبھی خوشی حاصل نہیں ہوتی۔ غلام کا یہ حال نہیں۔ غلام کو جو کچھ ملتا ہے۔ وہ ہنسی خوشی کھاتا۔ اور خوشی خوشی برتتا ہے۔ غرض وہ ہر وقت خوش رہتا ہے۔ اور خدا کا شکر بجا لاتا ہے۔ پھر تمہارا خُون صاف سُتھرا ہو۔ یا اُس کا؟

یہ بھی یاد رہے۔ کہ جن لوگوں سے تمہارا میل جول ہے۔ اُن میں سے شاید ہی کوئی تُمہاری بدمزاجی کے سبب خوش ہوگا۔ چاہے مُنہ پر کچھ ہی

تعریف کریں۔ پر دل میں سب تم سے ناراض ہیں۔ اور تمہارے غلام کا جن لوگوں سے واسطہ ہے۔ اُن میں سے شاید ہی کوئی اس سے ناخوش ہوگا کیوں کہ وہ بڑا خوش خلق اور نیک مزاج ہے ٭

پس معلوم ہوا۔ کہ شریف اور رذیل کوئی اپنی ماں کے پیٹ سے بن کر نہیں آیا۔ پیدا سب ایک سا دل لے کر ہوتے ہیں۔ پھر جو اپنے مزاج اور عادتوں اور دل کو اچھا رکھتا ہے۔ وہی اصلی اشراف کہلاتا ہے۔ جو ان کو خراب کر لیتا ہے۔ وہ کمینہ اور رذیل بن جاتا ہے ٭

خُدا کی یاد

غزنی کے مشہور بادشاہ محمود کا ذکر ہے۔ کہ جاڑے کے موسم میں ایک روز شام کے وقت شہر میں سے گزرا۔ ایک نانبائی کی دُکان پر دیکھا۔ کہ ایک شخص جس کے بدن پر لنگوٹی کے سوا چیتھڑا تک نہیں تھا بیٹھا سکڑ رہا ہے۔ بادشاہی سواری آگے نکل گئی۔ اور سلطان اس فقیر کو جلد بھول بھی گیا ٭

صُبح کو جس وقت اُٹھا۔ تو اتفاق سے فقیر کا خیال آیا۔ حکم دیا۔ کہ فلاں مقام پر جو فقیر بیٹھا تھا۔ حاضر کرو۔ سُلطانی حکم کی فوراً تعمیل کی گئی۔

جس وقت فقیر سامنے آیا۔ تو محمود نے کہا۔ کہ کہو بابا۔ رات کیسی گذری؟

فقیر نے سُلطان کی طرف تعجب سے دیکھا۔ اور یُوں جواب دیا۔ "محمود کچھ تیرے برابر گذری۔ کچھ تجھ سے اچھی گزری"۔ سلطان یہ سُن کر بہت حیران ہُوا۔ اور اس کی وجہ دریافت کی ؛

فقیر بولا۔ "تیری سواری نکل جانے کے تھوڑی دیر بعد جب رات زیادہ آگئی۔ تو نان بائی بھی اپنے گھر چلا گیا۔ اس وقت تندور دہک رہا تھا۔ مَیں وہیں پڑکر سو رہا ۔ یہ وہ وقت ہے۔ کہ تو بھی پڑا سوتا ہوگا۔ گو تجھ کو سردی سے بچانے کے لئے سینکڑوں ہزاروں روپے کا سامان ہوگا۔ اور میرے لئے صرف تندور کی گرمی تھی ۔ لیکن نیند کے غلبے میں تُو اَور مَیں دونوں برابر تھے۔ نہ تجھے کچھ خبر تھی نہ مجھے ۔ یہ حصہ رات کا تیرا اور میرا برابر گذرا۔ لیکن جس وقت تندور کی آگ بُجھ گئی۔ تو سردی کی شدت سے میری آنکھ کھل گئی۔ اور مَیں دبک سُکڑ ایک کونے میں بیٹھ گیا ۔ نیند تو آ ہی نہیں سکتی تھی۔ مَیں نے سوچا۔ کہ اس وقت کچھ خدائے برحق کو ہی یاد کرُوں۔ جس کے حضور میں ایک روز حاضر ہونا ہے ۔ یہ وہ وقت ہے جب تُو بے خبر پڑا سوتا تھا۔ اور مَیں اپنے اللہ پاک کو یاد کر رہا تھا ۔ محمود! رات کا یہ حصہ میرا تجھ سے بہتر گزرا"؛

پیارے ننھے بچو! تم بھی خدا کو کبھی مت بھُولو۔ ہمیشہ اس کی عبادت کرو۔ مسلمان ہو تو نماز۔ اور ہندو ہو تو اپنی پُوجا پاٹ کا ضرور خیال رکھو؛

بادشاہ اور کسان

ایک بادشاہ اپنے وزیروں سمیت کسی کھیت میں جانکلا۔ بڑھاپے کی وجہ سے کسان بہت کمزور تھا۔ پھر بھی کھیت میں ہل چلائے جاتا تھا۔ بادشاہ نے نزدیک پہنچ کر گھوڑے کی باگ روکی۔ اور کسان کی طرف پھر کر کہا۔ بڑے میاں یہ تو بتاؤ۔ تم نے ایسا کیوں نہیں کیا؟ کسان نے جواب دیا۔ خداوندِ نعمت مَیں نے ایسا کیا تھا۔ لیکن خدا کی مرضی اسی طرح تھی۔ بادشاہ نے دوبارہ پُوچھا۔ تم نے ایسا کیوں نہیں کیا۔ کسان نے وہی جواب دیا۔

اب بادشاہ نے کسان سے پُوچھا۔ کہ تم لوگ کس کے ساتھ کاروبار رکھتے ہو؟ کسان نے جواب دیا۔ کہ بادشاہ کے ساتھ۔ بادشاہ نے کہا۔ اگر بادشاہ نہ آئے؟ کسان نے جواب دیا۔ اس حالت میں وزیر کی مہربانی پر بھروسہ کرتے ہیں۔ بادشاہ نے کہا۔ اگر وزیر بھی نہ ہو تو؟ کسان نے جواب دیا۔ کہ ایسی حالت میں شہزادے کی مہربانی پر بھروسہ کرنا پڑتا ہے۔

بادشاہ نے اپنے گھوڑے کی باگ موڑی۔ اور کسان کے کان میں یہ کہا۔ کہ اگر کوئی تمہارے پاس آئے۔ اور جو گفتگو اس وقت ہم میں تم

میں ہوئی ہے۔ اس کا مطلب پُوچھے۔ تو خبردار معقول رقم لئے بغیر اس کا مطلب نہ بتانا ٭

دُوسرے دن جب وزیر دربار میں حاضر ہوُا۔ تو بادشاہ نے پُوچھا۔ کہ کل کسان سے میری جو باتیں ہوئی تھیں۔ اُن کا مطلب تم بھی کچھ سمجھے؟ وزیر نے ہاتھ باندھ کر عرض کی۔ جہاں پناہ اس میں تو شک نہیں۔ کہ حضور کی سب بات چیت میرے سامنے ہوئی۔ مگر وہ معنے میری سمجھ میں نہیں آئے ٭ بادشاہ نے کہا۔ افسوس۔ ایک کسان تو میری باتوں کا مطلب سمجھ گیا۔ اور تم نہیں سمجھے ٭ تم کسی طرح وزیر رہنے کے لائق نہیں۔ اگر چوبیس گھنٹے کے اندر تم نے جواب نہ دیا۔ تو میں تم کو اس عہدے سے الگ کر دوں گا ٭

وزیر وہاں سے رُخصت ہو کر اپنے گھر آیا۔ روپوں کے دو توڑے ساتھ لے کر کسان کے پاس پہنچا ٭ کسان نے آنے کا سبب پُوچھا۔ وزیر نے کل حال بیان کیا ٭

کسان نے کہا۔ خالی ہاتھ آئے ہو۔ یا کچھ نذرانہ ساتھ لائے ہو؟ وزیر نے دونوں توڑے سامنے رکھ دئے۔ اور کہا لیجئے یہ تھوڑی سی نذر آپ کے لئے حاضر ہے ٭ کسان نے کہا۔ تو مجھ سے بادشاہ کی باتوں کا مطلب سمجھ لیجئے ٭

جب بادشاہ نے مجھ سے پُوچھا۔ کہ تم نے ایسا کیوں نہیں کیا؟ تو

اُس سے یہ مطلب تھا۔ کہ مَیں نے جوانی میں شادی کیوں نہیں کی؟ اگر اُس وقت شادی کرتا۔ تو آج لڑکے جوان ہوتے۔ اور مجھے اتنی تکلیف نہ اُٹھانی پڑتی۔ مَیں نے اس سوال کا یہ جواب دِیا۔ کہ شادی تو کی تھی۔ پر قسمت میں اولاد نہ تھی۔

دُوسری مرتبہ بادشاہ کے وہی سوال کہنے سے یہ مطلب تھا۔ کہ پھر اَور شادی کیوں نہ کی؟ مَیں نے جواب دیا۔ کہ دوبارہ شادی کی۔ مگر اس دفعہ بھی کوئی اولاد نہ ہوئی۔ تیسری دفعہ بادشاہ یہ پُوچھنا چاہتا تھا۔ کہ مَیں نے پھر تیسری شادی کیوں نہ کی؟ مَیں نے پھر وہی جواب دیا کہ تیسری دفعہ بھی کی۔ مگر قسمت میں اولاد نہ تھی۔

اس کے بعد بادشاہ نے پُوچھا۔ کہ تمہارا معاملہ کِس کے ساتھ رہتا ہے؟ میں نے کہا۔ بادشاہ کے ساتھ۔ بادشاہ سے میری مُراد جولائی کے مہینے سے تھی۔ کیونکہ اس مہینے میں بارشیں ہوتی ہیں۔ اور دانے پھُوٹتے ہیں۔

پھر بادشاہ نے کہا۔ کہ اگر بادشاہ نہ ہو۔ توکس کے ساتھ معاملہ ہوتا ہے۔ یعنی اگر بارش نہ ہو۔ تو کیا کرتے ہو؟ مَیں نے کہا وزیر یعنی اگست کی بارشوں پر اُمید لگائے رکھتے ہیں۔ پھر بادشاہ نے کہا۔ کہ اگر یہ مہینہ بھی خالی جائے؟ مَیں نے جواب دیا۔ اگر یہ بھی خالی جائے۔ توہم شہزادے یعنی ستمبر کے مہینے پر بھروسہ رکھتے ہیں۔

کسان کی یہ تقریر سُن کر وزیر کو اس کی عقل اور سمجھ سے بڑی حیرت ہوئی۔ خوشی خوشی بادشاہ کی خدمت میں جاکر سب سوالوں کا مطلب جو کسان نے بتایا تھا۔ عرض کر دیا۔

کالی داس اور بکرماجیت

پنڈت کالی داس اپنے گھر میں بیٹھے ہوئے اپنے لڑکے کو ایک اشلوک پڑھا رہے تھے۔ مہاراجہ بکرماجیت بھی اس موقع پر آگئے۔ کالی داس راجہ کو دیکھ کر اُٹھ کھڑے ہوئے۔ اور لڑکے کو پڑھانا چھوڑ دیا۔ لیکن راجہ نے کہا۔ کہ آپ اپنے کام کا حرج نہ کیجیئے۔ اور لڑکے کو برابر پڑھاتے رہیئے۔ چنانچہ کالی داس نے پھر پڑھانا شروع کیا۔ اور لڑکے سے کہا۔ کہ "بیٹا پڑھ۔ راجہ اپنی بادشاہی ہی میں لوگوں پر رُعب جماتا ہے۔ لیکن علم والا آدمی ہر جگہ عزّت پاتا ہے"۔

راجہ نے خیال کیا۔ کہ کالی داس عالم ہے۔ اور مَیں راجہ۔ میرے سامنے اس نے عالم کو راجہ سے بڑھا دیا۔ گویا اپنی تعریف اور میری ہتک کی۔ اچھا کوئی بات نہیں۔ مَیں بھی دیکھتا ہوں۔ کہ کالی داس میری قدر دانی کے بغیر کہاں عزّت پاتا ہے۔ راجہ یہ سوچتا ہوا شاہی محل کی طرف چل دیا۔

اور وہاں پہنچ کر وزیروں کو حکم دیا۔ کہ کالی داس کو اب تک جتنی دولت اور جاگیر دی گئی ہے۔ سب ضبط کر لو۔

کالی داس سخت غریبی کی حالت میں بال بچوں سمیت وہاں سے چلا گیا۔ اور بہت سے ملکوں میں گھومتا پھرتا آخر مُلک کرناٹک میں پہنچا۔ کرناٹک کا راجہ نہایت فاضل اور عالموں کی قدر کرنے والا تھا۔ کالی داس نے وہاں اپنی لیاقت کے خوب جوہر دکھلائے۔ اور شاعری کے ایسے ایسے میدان مارے۔ کہ تھوڑے ہی عرصے میں چاروں طرف اس کا نام ہوگیا۔ راجہ نے بھی خوش ہوکر کالی داس کو مالا مال کر دیا۔ اور خاص راجدھانی میں اُس کے رہنے کے لئے بہت اچھا مکان بنوا دیا۔ کالی داس راجہ کے اچھے سلوک سے نہایت خوش تھا۔ تھوڑی سی مدت میں اُس نے دربار میں بڑا مرتبہ پالیا۔ اور بہت مزے سے عزت کی زندگی بسر کرنے لگا۔

ادھر راجہ بکرماجیت کالی داس کے چلے جانے پر سخت مصیبت میں پھنس گیا۔ چونکہ کالی داس دربار کے نورتن میں بڑی چیز تھا۔ اس لئے اس کے چلے جانے سے دربار میں اُداسی چھاگئی۔ مہاراجہ بکرماجیت جس وقت سلطنت کے کاروبار میں پریشان اور بادشاہی فکروں سے بے چین ہوتا تھا۔ تو کالی داس ہی اس کا دل بہلایا کرتا تھا۔ اب راجہ بہت اداس رہنے لگا۔ یہاں تک کہ بے چین ہوکر کالی داس کی تلاش کے لئے ہر طرف

جاسُوس روانہ کئے۔ مگر کالی داس کی خبر نہ ملی ⁂

اس کے بعد مہاراجہ بکرماجیت خود بھیس بدل کر کالی داس کی تلاش میں نِکلا۔ اور بہت سے مُلکوں میں دَورہ کرتا ہُوا آخر مُلک کرناٹک میں جا پُہنچا۔ اُس وقت ہیرے کی انگوٹھی کے سوا اَور کچھ پاس نہ تھا۔ چنانچہ وہ اس انگوٹھی کو بیچنے کی غرض سے ایک جوہری کی دُکان پر گیا۔ مگر جوہری کو اس کی غریبانہ صُورت دیکھ کر شک پَیدا ہُوا۔ کہ شاید اس نے یہ انگوٹھی کسی راجہ کے ہاں سے چُرائی ہے۔ بس اسی شک سے جوہری نے پولیس کے حوالے کر دیا۔ پولیس والے اُسے پکڑ کر راجہ کرناٹک کی کچہری میں لے گئے ⁂

وہاں اس سے پُوچھا گیا۔ کہ یہ انگوٹھی تم کو کہاں سے ملی؟ اس کے ساتھ دربار کے اہلکار اس کو دھمکانے بھی لگے۔ بکرماجیت نے ادھر ادھر نظر ڈال کر دیکھا۔ کہ شہ نشین پر ایک جڑاؤ تخت رکھا ہے۔ اور اس پر کالی داس بیٹھا ہے ⁂

بس پھر کیا تھا۔ راجہ بکرماجیت پُکار کر کہنے لگا" کالی داس جی۔ جو کچھ مَیں نے کیا تھا۔ اس کا بدلہ پا لیا۔ اب مَیں سمجھ گیا ہُوں۔ کہ راجہ اپنے ہی مُلک میں رُعب جما سکتا ہے۔ لیکن عالم کی تمام جہان میں عزّت ہوتی ہے"۔

پیارے ننھے بچو۔ اس سے تمہیں معلوم ہوگیا ہوگا۔ کہ عالم کی ہر جگہ

عزت ہوتی ہے۔ تمہیں بھی چاہیئے۔ کہ شوق اور محبت سے علم حاصل کر کے کالی داس کی طرح لوگوں میں عزت پاؤ۔

آنکھوں کا نسخہ

سکندر اعظم کے لیئے کسی حکیم نے آنکھوں کی دوا تیار کی۔ اور اُس میں ایسی ایسی چیزیں ڈالیں۔ جن سے نظر بہت تیز ہو جائے۔ لیکن چونکہ اس حکیم کی اپنی ہی نکالی ہوئی دوائیں تھیں۔ اس لیئے ڈرتا تھا۔ کہ کہیں اُلٹا اثر نہ ہو۔ اور لینے کے دینے نہ پڑ جائیں۔

آخر ایک دن بادشاہ کی خدمت میں حاضر ہوا۔ اور کہا۔ جہاں پناہ اس دوا کو بنایا تو میں نے بہت ہوشیاری خبرداری سے ہے لیکن تجربے کے لیئے اگر پہلے کسی اَور کی آنکھ میں لگایا جائے تو بہتر ہو۔

سکندر کو یہ بات بہت بُری معلوم ہوئی۔ اور اس نے کہا۔ اگر اس نُسخے سے جو میرے لیئے بنا ہے۔ میں اندھا ہو گیا۔ تو کچھ ڈر نہیں لیکن اپنے نفع کے لیئے کسی اَور کا اندھا ہونا مجھے منظور نہیں۔

سکندر میں یہ خوبیاں تھیں۔ جن کی وجہ سے اس کا نام آج صدیوں بعد ہندوستان میں کیا تمام دُنیا میں عزت سے لیا جا رہا ہے۔

شاباش

نوشیروان بادشاہ ایک دن شکار کو گیا۔ امیر وزیر ساتھ تھے۔ راستے میں کیا دیکھتے ہیں۔ کہ سڑک کے کنارے ایک بڈھا ضعیف آدمی زیتون کا پودا لگا رہا ہے۔ نوشیروان ٹھہر گیا۔ اور اس سے کہنے لگا "بڑے میاں تم تو قبر میں پاؤں لٹکائے بیٹھے ہو۔ بھلا زیتون کا درخت کس اُمید پر لگا رہے ہو؟ کیا تمہیں یقین ہے۔ کہ تم اس کا پھل کھاؤ گے؟ یہ درخت تو شاید پندرہ بیس سال میں پھل لائے۔ اور ہمیں تو دو سال تک بھی تمہارے زندہ رہنے کی اُمید نہیں۔"

بڈھا۔ جہاں پناہ۔ دُنیا میں اب تک یہ دستور چلا آتا ہے۔ کہ جن درختوں کو ہمارے بڑوں نے لگایا تھا۔ اُن کا پھل ہم نے کھایا۔ جو ہم لگائیں گے۔ ان کا پھل ہمارے بیٹے پوتے کھائیں گے۔

نوشیروان۔ شاباش بڑے میاں۔ یہ تو تم نے بہت عقلمندی کی بات کہی۔

نوشیروان کا دستور تھا۔ کہ جس شخص کی بات پر وہ "شاباش" کہہ دیتا تھا۔ اُسے چار ہزار درم انعام ملتا تھا۔ چنانچہ بڈھے کو بھی اُسی وقت چار ہزار درم مل گئے۔ بڈھے کی آنکھیں کھل گئیں۔ دماغ روشن ہو گیا

فوراً بولا :-

بُڈھا۔ جہاں پناہ۔ آپ تو فرماتے تھے۔ کہ میرا درخت پندرہ بیس سال میں پھل لائے گا۔ مگر میں نے تو اس پودے کا ابھی پھل کھا لیا۔

نوشیروان۔ شاباش !

ادھر بادشاہ کے مُنہ سے "شاباش" کا لفظ نکلا۔ اُدھر بُڈھے کو چار ہزار درم اَور مل گئے۔ بُڈھا تو خوشی کے مارے جوان ہو گیا۔ فوراً بولا :-

بُڈھا۔ حضور۔ دُنیا جہان کے درخت تو سال میں ایک دفعہ پھل لاتے ہیں۔ مگر میرے زیتون کے پودے نے گھڑی بھر میں دو دفعہ پھل دیا۔

نوشیروان۔ شاباش !

بُڈھے کو چار ہزار درم کی تھیلی اَور مل گئی۔ نوشیروان بہت خوش ہوُا۔ اور امیروں وزیروں سے کہنے لگا۔ چلو چلو۔ اگر یہاں پانچ منٹ بھی اَور ٹھہر گئے۔ تو سارا بادشاہی خزانہ اس زندہ دِل بُڈھے ہی کے گھر پہنچ جائے گا۔

نوشیروان

نوشیروان ایران کا نہایت نیک دل اور انصاف پسند بادشاہ گذرا ہے۔ کہتے ہیں کہ جب وہ اوّل اوّل تخت پر بیٹھا۔ تو نہایت ظالم اور پرلے درجے کا بے رحم تھا۔ تھوڑے ہی عرصے میں اس کے ہاتھوں رعیت کا ناک میں دم آگیا۔ بہت سے لوگ اس کے ظلم سے تنگ آکر دوسرے ملکوں میں چلے گئے۔ اور ایران کے شہر کے شہر اور گاؤں کے گاؤں خالی ہوگئے۔ امیر وزیر حیران تھے۔ کہ بادشاہ نے کس فائدے کے لئے اس قسم کے ظلم پر کمر باندھی ہے۔ مگر اُس کے ڈر سے کچھ بول نہ سکتے تھے۔

ایک دِن دربار لگا ہوُا تھا۔ ایک شخص چوری کے جُرم میں پیش ہوُا۔ نوشیرِوان نے حکم دیا۔ کہ فوراً اس کو قتل کردو۔ قتل کا حکم سُن کر چور نے ایک سردِ آہ بھری۔ بادشاہ نے کہا۔ کہ اے بے رحم! سچ بتا۔ اس وقت تیرے دل میں کیا خیال آیا؟ چور نے جواب دیا۔ کہ مجھے مرنے سے تو کوئی ڈر نہیں۔ صرف اتنا ڈر ہے۔ کہ میرے مرنے سے ایک ایسا عِلم دُنیا سے اُٹھ جائے گا۔ جسے میرے سوا اَور کوئی نہیں جانتا۔ بادشاہ نے حیران ہوکر پُوچھا۔ کہ وہ کیا عِلم ہے؟ اس نے کہا۔

کہ مَیں حیوانوں اور پرندوں کی بولیاں سمجھ سکتا ہُوں۔ بادشاہ کو چور پر رحم آیا۔ اس کا قصور معاف کیا۔ اور اُسے وزیر کے حوالے کرکے حکم دیا کہ اس سے پرندوں کی بولی کا علم پہلے خود سیکھو۔ اور پھر مجھے سکھاؤ۔

وزیر اس چور کو اپنے گھر لے گیا۔ اور اس سے کہا۔ کہ جس علم کا ذکر تم نے بادشاہ کے سامنے کیا تھا۔ اب وہ علم مجھے سکھاؤ۔ چور رو پڑا۔ اور اپنی پگڑی اُتار کر وزیر کے پاؤں پر رکھ دی۔ وزیر نے سبب پُوچھا۔ تو بولا۔ کہ مَیں نے صرف اپنی جان بچانے کے لئے یہ بہانہ کیا ہے۔ ورنہ علم وِلم تو مجھے کوئی نہیں آتا۔ اب میری جان آپ کے ہاتھ میں ہے۔ خدا کے لئے مجھے بچا لیجیے۔ وزیر کو بھی رحم آگیا۔ اُس نے اس مُجرم کو اپنے پاس ہی نوکر رکھ لیا۔

اس بات کو بہت عرصہ گزر گیا۔ بادشاہ کو یہ بھی یاد نہ رہا۔ کہ کسی شخص کو جانوروں کی بولیاں سکھانے کے لئے وزیر کے سپرد کیا تھا۔ آخر ایک دن بادشاہ اور وزیر جنگل میں شکار کو گئے۔ وہاں دیکھا۔ کہ ایک درخت پر ایک اُلو اور اس کی مادہ بیٹھے چیخ رہے ہیں۔ ان کی آوازیں سُن کر بادشاہ کو اچانک اس چور کا قصہ یاد آگیا۔ وزیر سے کہا۔ کہ اب تو شاید تم جانوروں کی بولیاں سمجھنے میں طاق ہو گئے ہو گے۔ بھلا بتاؤ تو سہی۔ یہ جانور کیا کہہ رہے ہیں؟

وزیر نے بادشاہ کو نصیحت کرنے کا مَوقع پایا۔ اور ہاتھ باندھ کر عرض

کی "حضور یہ اُلو اور اس کی مادہ اپنی لڑکی کے بیاہ کی تجویز کر رہے ہیں۔ جہیز کی نسبت جھگڑا ہے۔ مادہ کہتی ہے۔ کہ دس جنگل جہیز میں دُوں گی۔ نر چھ کہتا ہے۔ مادہ نہیں مانتی۔ تو نر یہ کہتا ہے۔ کہ اس وقت چھ ہی سہی۔ ایسی کیا جلدی پڑی ہے۔ اگر نوشیروان بادشاہ کا دم سلامت رہا تو تھوڑے ہی عرصے میں سینکڑوں گاؤں اُجڑ کر جنگل ہو جائیں گے"۔

یہ سُن کر بادشاہ نے ایک ٹھنڈی آہ بھری۔ اور کہا۔ کہ "افسوس میرے ظلم کا چرچا اب پرندوں میں بھی ہونے لگا"۔ وزیر کی اس موقع کی نصیحت کا نوشیروان پر ایسا اثر پڑا۔ کہ اُسی دِن سے تمام سختی دُور کر دی۔ اور ایسے انصاف سے حکومت کرنے لگا۔ کہ آج تک اُس کا نام دُنیا میں عزّت سے لیا جا رہا ہے۔

نوشیروان کا انصاف

نوشیروان بادشاہ کا قصّہ مشہور ہے۔ کہ ایک روز وہ شکار کھیلنے کے لئے گیا۔ کچھ شکار ہاتھ آیا۔ تو اس کے نوکروں نے کباب بنانا شروع کیا۔ اتفاق کی بات کہ نمک کسی کے پاس نہ تھا۔ آخر ایک آدمی آبادی کی طرف نمک لانے کے لئے چلا۔ نوشیروان نے اس آدمی سے کہا۔ کہ

نمک قیمت سے خرید کر لانا۔ کہیں ایسا نہ ہو۔ میرے ذریعہ لوگوں سے مُفت مال چھیننے کی بُری رسم جاری ہوجائے۔ اور اس وجہ سے دیہات برباد ہوں ؀

اُس کے درباریوں نے کہا۔ اس میں کچھ زیادہ خرابی نہیں ہے ؀

بادشاہ نے کہا۔ اس دُنیا میں لوگ پہلے کم ظلم کیا کرتے تھے لیکن جیسے جیسے زمانہ گزرتا گیا۔ اور لوگ آتے گئے۔ وہ تھوڑے ظلم میں کچھ زیادہ خرابی نہ سمجھ کر اسے تھوڑی ترقی دیتے گئے۔ آخر کار ظُلم کی اب اس قدر زیادتی ہوگئی ہے ؀

پیارے ننھے بچو! نوشیروان کی اس ذراسی بات سے معلوم ہوتا ہے۔ کہ جو کام بُرا ہو۔ اُس کا تھوڑا بھی کرنا بُرا ہے۔ اس سے ہمیشہ پرہیز کرنا چاہیئے ؀

سکندر بادشاہ کا برتاؤ

ایک مرتبہ لوگوں نے سکندر بادشاہ سے پُوچھا۔ کہ حضور نے اتنے اتنے بڑے ملک کس طرح قبضے میں کر لئے۔ ہم لوگوں کو اس وجہ سے تعجب ہے۔ کہ اگلے بادشاہوں کے پاس آپ سے کہیں زیادہ خزانہ

تھا۔ اور لشکر بھی بہت تھا۔ لیکن وہ دُنیا کے تمام مُلک فتح نہ کر سکے۔
سکندر نے جواب دیا۔ کہ خدا کے فضل سے مَیں نے جس ملک کو فتح کیا۔ وہاں کے رہنے والوں کو کبھی نہیں ستایا۔ اور اگلے لوگوں کی طرح خیرات کا دینا نہیں چھوڑا۔ اور دُوسرے بادشاہوں کو ہمیشہ بھلائی سے یاد کیا۔ اسی سبب سے میری تمام رعایا مجھ سے خوش رہی۔ اور میری بادشاہت میں ترقی ہوتی گئی۔ اور آہستہ آہستہ سب مُلک قبضے میں آگئے۔

پیارے ننھے بچو! تم کو چاہیئے۔ کہ جب تم بڑے ہو۔ اور پڑھ لکھ کر کسی معزّز عہدہ پر مقرر ہو۔ تو چھوٹے لوگوں کو مت ستاؤ۔ بلکہ جہاں تک ہو سکے۔ ان کے خوش رکھنے کی کوشش کرو۔ کیوں کہ سکندر نے رعایا کو خوش کر کے ہی بادشاہت پائی تھی۔

دو ڈاکو

ایک دفعہ کا ذکر ہے۔ کہ سکندر اعظم شاہ مقدونیہ کے سامنے ایک مشہور ڈاکو کو پکڑ کر لائے۔ سکندر اس کے ہاتھوں تنگ آچکا تھا۔ کیونکہ جتنی دفعہ فوج اس کے پکڑنے کو بھیجی گئی۔ ہمیشہ ناکام واپس آئی۔

کبھی تو مقابلہ ہی نہ کرتا۔ اور کبھی رات کو حملہ کر کے سکندر کے لشکر کو تتر بتر کر دیتا۔ یہی سبب تھا۔ کہ اُس کو دیکھتے ہی سکندر غضب ناک ہو کر بولا "کیا تُو ہی تھری ایکا کا رہنے والا مشہور ڈاکو ہے"؟

ڈاکو:۔ ہاں مَیں ہی تھری ایکا کا رہنے والا سپاہی ہُوں۔

سکندر:۔ سپاہی؟ نہیں۔ نہیں۔ بلکہ تُو ایک چور۔ لٹیرا۔ ڈاکو اور بدمعاش قزاق ہے۔ اور اب اپنی سزا کو پہنچے گا۔

ڈاکو:۔ مَیں نے کیا کیا ہے۔ جس کا تمہیں گلہ ہے؟

سکندر:۔ کیا تُو نے میرا مقابلہ نہیں کیا۔ لوگوں کو برباد نہیں کیا؟ اور کیا اپنی زندگی لوگوں کو تکلیف دینے۔ اور ان کے مال اسباب لُوٹنے میں نہیں گُذار دی؟

ڈاکو:۔ سکندر! مَیں تمہارا قیدی ہُوں۔ جو کچھ تم کہو گے۔ مجھے سُننا پڑے گا۔ اور جو کچھ تم میرے ساتھ سلوک کرنا چاہو گے مجھے سہنا پڑے گا۔ لیکن میرا دل آزاد ہے۔ اور جو جواب مَیں دُوں گا۔ آزاد آدمی کی طرح دُوں گا۔

سکندر:۔ شوق سے آزادانہ بولو۔

ڈاکو:۔ اچھا تو بتاؤ۔ کہ تم نے اپنی زندگی کس طرح گذاری ہے؟

سکندر:۔ ایک مشہور دلاور کی طرح دُنیا میں میرا نام مشہور ہے۔ مَیں بہادروں میں بہادر ہُوں۔ شریفوں میں شریف اور دُنیا بھر کے

فاتحوں میں سے اعلیٰ درجہ کا بہادر اور فاتح ہوں ۔

ڈاکو :۔ تو کیا میں مشہور نہیں ہوں ؟ کیا میں اعلیٰ درجہ کا بہادر اور سپہ سالار نہیں ہوں ۔ تم خود جانتے ہو ۔ کہ میں آسانی سے تمہارے قابو میں نہیں آیا ۔

سکندر :۔ پھر بھی تو ایک لٹیرا اور بد دیانت ڈاکو ہے ۔

ڈاکو :۔ تو فاتح کسے کہتے ہیں ؟ کیا تم دنیا پر ایک خوفناک شریر دشمن کی طرح نہیں چھا گئے تھے ؟ کیا تم نے امن کے خوبصورت پھول کو پاؤں کے نیچے نہیں مسل ڈالا ؟ اور کیا تم دنیا میں آندھی بگولے کی طرح مارتے ۔ قتل کرتے ۔ لوٹتے ہوئے نہیں پھرے ؟ جو کچھ میں نے ایک شہر میں کیا ہے سو دو سو آدمیوں کو ساتھ لے کر ۔ وہی تم نے لاکھوں آدمیوں کو ساتھ لے کر دنیا کے ایک بہت بڑے حصے میں کیا ہے ۔ اگر میں نے چند آدمیوں کو تباہ کیا ہے ۔ تو تم نے بڑے بڑے بادشاہوں اور شہزادوں کو ان کے ملک اور رعیت سمیت خاک اور خون میں ملا دیا ہے ۔ اگر میں نے تمہارے ملک کے چند گھروں کو جلا دیا ہے ۔ تو تم نے دنیا کی عالیشان دارسلطنتوں اور نہایت نفیس شہروں کو راکھ کا ڈھیر بنا دیا ہے ۔ مطلب یہ کہ دنیا کے لئے میں اور تو ایک سے ڈاکو ہیں ۔ فرق ہے تو یہ ہے ۔ کہ تو بادشاہ کے گھرانے میں پیدا ہوا ۔ اور میں نے معمولی آدمیوں میں پرورش پائی ۔

سکندر :- لیکن میں نے اگر بادشاہوں کو برباد کیا ہے۔ تو حق داروں کو پھر بادشاہی دے دی ہے۔ اگر میں نے بڑی بڑی بادشاہیوں کے تختے اُلٹ دئیے ہیں۔ تو ان سے بھی بڑی سلطنتوں کی بُنیاد ڈالی ہے۔ غریبوں کو ہزاروں روپے خیرات کر دئیے ہیں۔ اور جنگلوں میں تعلیم اور تہذیب پھیلا دی ہے ۔

ڈاکو :- میں نے بھی تو امیروں کو لوٹ کر غریبوں کے گھر بھر دئیے ہیں۔ گرے ہوئے لوگوں اور عاجزوں کو اپنی پناہ میں لے لیا ہے۔ اور اُن جاہلوں کو جو آپس میں لڑتے رہتے تھے۔ اور کسی کام کے نہ تھے ایسی اتفاق کی لڑی میں پرو دیا ہے۔ کہ تجھ جیسے دُنیا کے فاتح کو عاجز کر دیا۔ لیکن سکندر یاد رکھ۔ مجھے یقین ہے۔ کہ نہ تو میں ہی اور نہ تُو ہی کسی کو شرارتوں کا بدلہ دے سکتے ہیں ۔

سکندر نے یہ سُن کر سر جُھکا لیا۔ کوئی جواب بن نہ آیا۔ اور اپنے ساتھی ڈاکو کو چھوڑ دیا ۔

مغرور شہنشاہ جووینن

پُرانے زمانے میں رُوم (اٹلی) میں ایک شہنشاہ جووینن تھا۔ یہ شخص بڑا مغرور تھا۔ اور جب کبھی بے کار ہوتا۔ یا آرام کرنے کے لئے پلنگ پر لیٹتا۔ تو اپنی قوت۔ طاقت اور دولت کا خیال کر کے بہت خوش ہوتا تھا۔ آہستہ آہستہ یہ اتنا مغرور ہو گیا۔ کہ اپنے آپ کو خُدا سے بھی بڑا سمجھنے لگا۔

ایک دِن کا ذکر ہے۔ کہ یہ بادشاہ اپنے دوستوں اور وزیروں کو ساتھ لے کر شکار کھیلنے گیا۔ جب شکار کھیلتے کھیلتے یہ لوگ بہت دُور نِکل گئے۔ اور تھک گئے۔ تو بادشاہ نے آرام کرنا چاہا۔ اور اپنے گھوڑے کی باگ روک لی۔ اس جگہ ایک نہایت ہی صاف چشمہ بہتا تھا۔ جس کے پانی کی صفائی کو دیکھ کر بادشاہ نہانے کو تیار ہو گیا۔ اُس نے اپنے ساتھیوں کو ٹھہرنے کا حکم دیا۔ اور خود چشمے پر گیا۔ ایک جگہ درختوں کی آڑ میں کپڑے اُتار کر نہانے لگا۔ اب عجیب بات دیکھئے۔ کہ اِدھر تو اُس نے پانی میں غوطہ لگایا۔ اُدھر ایک شخص اُسی کی شکل اور صُورت کا درختوں میں سے نکلا۔ اور درخت کے پیچھے چُھپ کر اس کے کپڑے پہن لئے۔ اور بادشاہ کے گھوڑے پر سوار ہو کر لشکر کی طرف

گیا۔ بادشاہ کے ساتھی اُس کی شکل۔ پوشاک اور گھوڑے کو دیکھ کر دھوکا کھا گئے۔ اور اس آدمی کو اپنا بادشاہ سمجھ کر اُس کے ساتھ محل کو واپس چلے گئے۔

جوونین جو نہا کر باہر نکلا۔ تو کپڑے نہ پا کر سخت حیران ہُوا۔ اُس نے اپنے نوکروں کو آواز دی۔ مگر کوئی ہوتا تو جواب دیتا۔ وہ تو نقلی بادشاہ کے ساتھ چلے گئے تھے۔ جوونین نے جب اپنے آپ کو اکیلا۔ ننگا اور نوکروں سے جُدا دیکھا۔ تو سخت حیران ہوا۔ اور سوچنے لگا کہ میں کیسا بدقسمت ہوں۔ اور میری کیسی بُری حالت ہوگئی ہے۔ اب میں کیا کروں۔ اور کہاں جاؤں؟ لیکن پھر اُسے خیال آیا۔ کہ یہاں سے تھوڑی دُور ایک سردار رہتا تھا۔ جسے میں نے بڑے عُہدے پر پہنچایا تھا۔ آؤ اسی کے پاس چلیں۔ اور اس سے مل کر گھر جائیں۔ اور اپنے بدتمیز نوکروں کو سزا دیں۔

اسی حالت میں ننگا جوونین اس سردار کے قلعے کے پھاٹک پر پہنچا۔ اور زور سے دروازہ کھٹکھٹایا۔ دربان نے کھڑکی میں سے سر نکال کر پُوچھا۔ تُو کون ہے؟ اُس نے جواب میں کہا۔ میں بادشاہ ہوں۔ جا۔ اپنے سردار سے کہہ دے کہ جوونین باہر کھڑا ہے۔

دربان۔" ابے تُو بادشاہ ہے؟ ہا ہا ہا! بادشاہ تو میرے مالک کے ساتھ ابھی ابھی کھانا کھا کر تشریف لے گئے ہیں۔ اور اُن کو اس وقت

میرا سردار قلعہ میں چھوڑ کر آیا ہے۔ تُو یا تو نشے میں ہے یا پاگل ہے۔ اسے تو چور ہے چور! خیر میں اپنے مالک کو جا کر تیرا حال کہہ دیتا ہوں ٹھہر تو سہی بدمعاش۔"

دربان غصّے سے گالیاں دیتا ہوا اندر گیا۔ اور سردار سے کہنے لگا۔

دربان:۔ حضور ایک سودائی آدمی ننگا دھڑنگا باہر کھڑا ہے۔ اور اپنے آپ کو بادشاہ بتاتا ہے۔"

سردار:۔ "اُسے اندر لاؤ ہم بھی دیکھیں۔"

دربان گیا۔ اور جوونین کو گھسیٹ کر اندر لایا۔ اور سردار کے سامنے کھڑا کر دیا۔

سردار:۔ "تُو کون ہے؟"

جوونین:۔ "میں شہنشاہ ہوں۔"

سردار:۔ "(ہنس کر) اچھا پاگل ہے۔ دربان اسے میرا پُرانا لبادہ دے دو۔ کہ یہ سردی سے مر نہ جائے۔ اور نکال دو۔"

جوونین:۔ دیکھ۔ اے سردار۔ میں تیرا بادشاہ ہوں۔ میں نے تجھے اس رُتبے پر پہنچایا ہے۔ میں تجھے اس بے ادبی کی بہت جلد سزا دُوں گا۔"

سردار:۔ (غصّے ہوکر) "بدمعاش دغا باز تو بادشاہ ہے؟ ہاں فقیروں

کا بادشاہ ہوگا۔ ارے بدذات بادشاہ تو ابھی میرے ساتھ کھانا کھاکر گئے ہیں۔ اور میں اُنہیں محل تک چھوڑ کر آیا ہوں۔ لیکن تُو بے وقوف ہے۔ میں تجھ پر رحم کرتا ہوں"۔

سردار نے نوکروں سے کہا۔ کہ اسے نکال دو۔ اور قلعے کے دروازے سے لے کر سامنے والی پہاڑی تک کوڑے مارتے لے جاؤ۔

نوکروں نے ایسا ہی کیا۔ اور جب وہ اسے چھوڑ کر واپس ہوئے۔ تو جوونین کوڑے کھاکر سخت غصے ہوا۔ اور اپنی بدقسمتی اور سردار کی ناشکری پر لعنت ملامت کرنے لگا۔ مگر اس نے اپنی ناشکری کا خیال نہ کیا۔ کہ جس خدا نے اُسے حکومت دی تھی۔ یہ اُسی سے بڑا بنتا تھا۔

اب یہ پھر بدلہ لینے کا خیال کرنے لگا۔ اسے خیال آیا۔ کہ اب میں فلاں نواب کے پاس جاؤں گا۔ وہ بڑا نیک ہے۔ وہ ضرور میری مدد کرے گا۔ چنانچہ یہ نواب کے محل پر پہنچا۔ اور دروازہ کھٹکھٹایا۔ دربان نے دروازہ کھولا۔ اور اس ننگے آدمی کو دیکھ کر حیران رہ گیا۔

دربان: "تو کون ہے"؟

جوونین: "میں بادشاہ ہوں۔ جب میں نہا رہا تھا۔ تو کوئی میرے کپڑے اُٹھاکر لے گیا۔ اب میں ننگا ہوں۔ جاکر نواب صاحب سے کہو۔ کہ بادشاہ دروازے پر کھڑا ہے۔

دربان حیران ہوکر اندر گیا۔ اور مالک کو سارا حال سُنایا۔ تو اُس

نے حکم دیا۔ کہ اس پاگل کو سامنے لاؤ۔ نوکر جوونین کو اندر لے گیا۔ نواب نے بھی اُسے نہ پہچانا۔ اور جب اُس نے اپنا حال سُنایا۔ تو اسے اس پر بہت رحم آیا۔ اور وہ کہنے لگا "تو پاگل ہے۔ میں ابھی بادشاہ کے محل سے واپس آیا ہوں۔ اور انہیں وہاں چھوڑ کر آیا ہوں"۔

پھر اُس نے نوکروں کو حکم دیا۔ کہ اُسے حوالات میں لے جاؤ۔ چند گھنٹے قید رکھو۔ روٹی اور پانی دو۔ اور پھر چھوڑ دو۔ تاکہ اس کا دماغ درست ہو جائے۔

نوکروں نے ایسا ہی کیا۔ اور چند گھنٹوں کے بعد اسے روٹی دے کر قلعے سے باہر نکال دیا۔

یہاں سے نکل کر جوونین پھر اپنی بدنصیبی پر افسوس کرنے اور سوچنے لگا۔ کہ اب کیا کروں۔ نواب نے بھی مجھے نہ پہچانا۔ بلکہ مجھے غریب اور پاگل آدمی سمجھا۔ آخر اُس نے سوچا۔ کہ اب خاص محل کو چلوں۔ اور ملکہ پر اپنا حال ظاہر کروں۔ وہ مجھے ضرور پہچان لے گی۔ چنانچہ یہ محل کو گیا۔ لیکن جب اندر جانے لگا۔ تو شاہی دربان نے روکا۔ اور پوچھا۔ کون ہے؟

جوونین:۔ "میں کون ہوں۔ کیا تو اپنے آقا کو نہیں پہچان سکتا؟ تو نے تو میری پندرہ برس نوکری کی ہے"۔

دربان:۔ "او میلے آدمی۔ تیری نوکری! ارے میں تو بادشاہ کا دربان

ہُوں"۔

جوونین یہ! ارے مَیں ہی بادشاہ ہُوں۔ کیا تو مُجھے پہچانتا نہیں ؟ جا۔ اے نیک مرد۔ اپنی ملکہ سے کہہ دے۔ کہ بادشاہ باہر کھڑا ہے۔ جس کے سینے پر تین تل ہیں۔ اور وہ شاہی پوشاک مانگتا ہے۔ کیوں کہ میرے کپڑے کوئی چُرا لے گیا ہے"۔

دربان۔ (ہنس کر) ہا ہا ہا۔ تُو بادشاہ ہے۔ ارے بے وقوف بادشاہ اور بیگم اس وقت کھانا کھا رہے ہیں۔ اچھا مَیں تیرا حکم مانتا ہُوں۔ مگر تُو سودائی ہے۔ تیرا نتیجہ یہی ہوگا۔ کہ تجھے مار پڑے گی۔

دربان نے جاکر ملکہ کو سارا حال سُنا دیا۔ ملکہ نے سر جُھکا لیا۔ اور نقلی بادشاہ سے کہنے لگی"۔ میرے نیک مالک اور بادشاہ۔ دروازے پر ایک شخص کھڑا ہے۔ جو اپنے آپ کو بادشاہ اور میرا خاوند بتاتا ہے۔ اور اُس نے وہ نشان بتایا ہے۔ جو صرف آپ کو اور مجھ کو معلوم ہے۔ وہ چاہتا ہے۔ کہ مَیں اُسے اپنا خاوند سمجھوں۔ اور شاہی پوشاک بھیجوں"۔

نقلی بادشاہ نے جوونین کو اندر بُلوایا۔ لیکن جوونین اس قدر بدل چُکا تھا۔ کہ کسی نے اسے نہ پہچانا۔ نقلی بادشاہ نے ملکہ سے کہا۔" سچ کہو۔ کیا یہ آدمی بادشاہ یا تمہارا مالک ہوسکتا ہے"؟۔

ملکہ۔ مَیں اس کو پہچانتی بھی نہیں۔ مگر عجیب بات یہ ہے۔ کہ اسے وہ بات کس طرح معلوم ہوگئی۔ جو آپ کے یا میرے سوا اَور کوئی جانتا

ہی نہیں *

نقلی بادشاہ جوونین پر بہت غُصّے ہوُا۔ اور اس نے حکم دیا۔ کہ اسے کوڑے لگائے جائیں۔ اور گھوڑے کے پاؤں کے ساتھ باندھ کر گھسیٹا جائے *

اب مغرور جوونین کا غرور نکل گیا۔ وہ بہت افسوس کرنے لگا۔ اور موت مانگ کر کہنے لگا۔ کہ اب مَیں جی کر کیا کروں گا؟ میرے دوست میرے نوکر۔ بلکہ میری ملکہ سب مجھ سے نفرت کرنے لگے ہیں۔ اُن لوگوں نے بھی مجھے چھوڑ دیا۔ جنہیں مَیں نے بڑے بڑے عہدوں پر پہنچایا تھا"

اتنے ہی میں ملکہ نے سفارش کی اور نقلی بادشاہ نے اسے چھوڑ دیا۔ یہ محل سے نکل کر گرجا گھر کے پادری کے یہاں چلا۔ کیوں کہ اسے اُمّید تھی۔ کہ وہ پادری اسے ضرور پہچان لے گا *

پادری کے گھر جا کر جوونین نے دروازہ کھٹکھٹایا * پادری اس وقت پڑھ رہا تھا۔ اُس نے دروازہ کھولے بغیر پُوچھا۔ کہ کون ہے؟ جب جوونین نے اپنا نام بتایا۔ تو پادری نے جھٹ سے کھڑکی کھولی۔ مگر اُسے دیکھ کر کہا "چل شیطان دُور ہو۔ کیا تُو بادشاہ ہے"؟ اور دروازہ بند کرنے ہی کو تھا۔ کہ جوونین نے شور مچا کر کہا:۔

"آہ۔ اب مَیں سمجھا۔ مَیں اپنے آپ کو خدا کہتا تھا۔ یہ خدا نے مجھے غرور کی سزا دی ہے * اب مَیں توبہ کرتا ہُوں۔ اور اے رحیم خدا تُو مجھے

معاف کر"۔

پادری نے اس کی باتوں کو غور سے سُنا۔ اور اس کے لئے دُعا مانگ کر اُسے تسلی دی۔ اور خدا کے رحم کا یقین دلایا۔

اب ایک عجیب بات اور سنو۔ دُعا مانگتے ہی جوونین اپنی شکل پر آگیا۔ پادری نے اُسے کپڑے پہنائے۔ اور یہ دونوں محل کی طرف چلے۔ پھاٹک کے دربان نے دونوں کو سلام کیا۔ اور چپ چاپ دروازہ کھول دیا۔ جوونین نے دربان سے پوچھا۔ تو مجھے پہچانتا ہے"؟

دربان "میں حضور کو اچھی طرح پہچانتا ہوں۔ مگر حیران ہوں۔ کہ حضور باہر کس راستہ سے گئے تھے؟ دروازے پر تو میں کھڑا تھا"۔

جوونین ہنس پڑا۔ اور اندر چلا گیا۔ نوکر چاکر اس کو دیکھتے تھے۔ اور جھک جھک کر ادب سے سلام کرتے تھے۔ اتنے میں ایک امیر نقلی بادشاہ کے پاس دوڑا آگیا۔ اور کہا "میرے مالک کوئی شخص بڑے کمرے میں آیا ہے۔ اور اسے سب لوگ جھک جھک کر سلام کرتے ہیں۔ اس کی صورت آپ سے اس قدر ملتی ہے۔ کہ یہ پہچاننا مشکل ہے۔ کہ اصل بادشاہ کون ہے"۔

نقلی بادشاہ نے ملکہ سے کہا۔ کہ تم جا کر دیکھو۔ وہ کون شخص ہے؟

ملکہ جوونین کو دیکھ کر آئی۔ اور نقلی بادشاہ سے کہنے لگی۔ کہ "اے میرے مالک میں بہت حیران ہوں۔ کیا دُنیا میں دو جوونین ہیں"؟

نقلی بادشاہ ملکہ کا ہاتھ پکڑ کر خود حال معلوم کرنے کے لئے گیا۔ اُس نے ملکہ کو تخت پر بٹھایا۔ اور کہا۔ اے ملکہ۔ امیرو اور وزیرو۔ بتاؤ تمہارا بادشاہ کون ہے ؟

ملکہ بول اُٹھی۔ اس مشکل سوال کو صرف خدا حل کر سکتا ہے۔ کہ تم دونوں میں سے سچا کون ہے۔ امیروں وزیروں اور نوکروں نے بھی یہی کہا۔ اور کچھ فیصلہ نہ کر سکے۔

تھوڑی دیر کے بعد نقلی بادشاہ نے سب کو کہا "سُنو۔ تمہارا اصل بادشاہ وہی شخص ہے۔ اسی کا حُکم مانو۔ چونکہ وہ خدا کی برابری کرتا تھا۔ اس لئے اسے یہ سزا ملی تھی۔ لیکن اب اسے کافی سزا مل چکی ہے۔ خدا کی مرضی یہی تھی۔ کہ تم اسے نہ پہچانو۔ اور اس کے غرور کا سر نیچا ہو۔ اب اس نے گناہوں سے توبہ کی ہے۔ اس لئے اس کا تخت پھر واپس دیا جاتا ہے۔

جب نقلی بادشاہ چُپ ہوُا۔ تو لوگوں نے دیکھا۔ کہ اس کے چہرے پر نور چمکنے لگا۔ اس کے شاہی کپڑے خود بخود گر پڑے۔ اور سفید پوشاک ظاہر ہوئی۔ اور تھوڑی ہی دیر میں وہ فرشتہ سب کی نظروں سے غائب ہو گیا۔

بادشاہ جوونین نے توبہ کی۔ اور اس کے بعد تین سال بڑے انصاف اور رحم سے حکومت کی۔ سچ ہے۔ غرور کا سر نیچا ہوتا ہے۔

کہتے ہیں تین سال کے بعد ہی فرشتہ بادشاہ کو خواب میں نظر آیا۔ اور اسے موت کی اطلاع دی۔ جس کے بعد بادشاہ صرف چند روز زندہ رہا۔ اور پھر مرگیا ٭

ایک نیک کسان

فرنگستان کے ایک بادشاہ کا ذکر ہے۔ کہ وہ اکثر بھیس بدل کر باہر پھرا کرتا تھا۔ اور دیکھتا تھا۔ کہ میری رعایا کا کیا حال ہے۔ ایک دن گھوڑے پر سوار شہر کے باہر گیا۔ دیکھا۔ کہ ایک بُوڑھا کسان کھیت میں ہل چلا رہا ہے۔ اور خوش ہو ہو کر گا رہا ہے۔ بادشاہ نے اپنا گھوڑا روکا۔ اور ہنس کر پُوچھا۔ بڑے میاں! تم بہت خوش نظر آتے ہو۔ کیا یہ ہل اور زمین تمہاری ہی ہے؟

بُوڑھے نے کہا۔ نہیں جناب! مَیں اتنا امیر تو نہیں ہوں۔ ہل کرائے کا ہے۔ اور زمین مالک کی ہے۔ مَیں تو صرف آٹھ آنے روز کا مزدور ہوں؟ بادشاہ نے پُوچھا۔ کیا آٹھ آنے روز میں تمہاری گزر ہو جاتی ہے؟ بُوڑھے نے کہا۔ گذر کیسی۔ کچھ بچ بھی رہتا ہے۔ بادشاہ کو تعجب ہُوا۔ پُوچھا۔ یہ کیونکر؟ بُوڑھے نے جواب دیا۔ کہ دو آنے تنور میں ڈالتا ہوں۔ دو

آنے روز پُرانے قرضے میں ادا کرتا ہُوں۔ دو آنے روز اُدھار دیتا ہُوں اور دو آنے روز بچاتا ہُوں۔

بادشاہ نے کہا۔ کہ تمہاری پہیلی ہماری سمجھ میں نہیں آئی۔ بُوڑھا ہنس کر بولا۔ لیجئے مَیں خود ہی سمجھائے دیتا ہُوں۔ تنور آدمی کا پیٹ ہے۔ جب تک جیتا رہتا ہے۔ اس کی آگ نہیں بُجھتی۔ مَیں اس میں دو آنے روز ڈالتا ہُوں یعنی اپنا اور اپنی بیوی کا پیٹ پالتا ہُوں۔ دو آنے روز جو پُرانے قرضے میں ادا کرتا ہُوں۔ اُن سے میرے بُوڑھے ماں باپ کی پرورش ہوتی ہے۔ انہوں نے پال پوس کر مجھے اتنا بڑا کیا۔ ان کا احسان کیونکر بھُول سکتا ہُوں۔ وہ ہمیشہ میری مدد کرتے رہے۔ آج میری مدد کے محتاج ہیں۔ جتنا اُن کا قرضہ اُتر جائے میری سعادت مندی ہے۔

دو آنے روز جو قرض دیتا ہُوں۔ وہ میرے لڑکوں کی پرورش پر خرچ ہوتے ہیں۔ جب مَیں اور میری بیوی دونوں بڈھے ہو جائیں گے۔ تو لڑکے ہماری مدد کریں گے۔ تو مُول بیاج دونوں ادا کریں گے۔

دو آنے روز جو بچاتا ہُوں وہ میری بیوہ بہن کے خرچ میں آتے ہیں۔ یہ خدا کی راہ کا سَودا ہے۔ اور مرنے کے بعد مجھے اس کا بدلہ ملے گا۔ بادشاہ اس بات سے بہت ہی خوش ہوُا۔ اور کہنے لگا۔ واہ بڑے میاں! اپنی پہیلی کی بُوجھ تم نے خوب بتائی۔ لو اب میری پہیلی بھی بوجھو۔ اوّل یہ بتاؤ۔ کہ تم نے مجھے کبھی پہلے بھی دیکھا؟ بُڈھے نے گردن ہلا کر کہا کہ

نہیں۔ بادشاہ نے کہا۔ ذراسی دیر میں تم مجھے پچاس بار دیکھو گے بھی۔ اور میری پچاس تصویریں بھی جیب میں ڈال کر گھر لے جاؤ گے۔ بڈھا ہنسنے لگا۔ کہ یہ تو عجیب پہیلی ہے۔ مَیں اس کو بُوجھ نہیں سکتا۔ بادشاہ نے کہا۔ تو اس کی بوجھ میں بتاتا ہُوں۔ یہ کہہ کر جیب میں ہاتھ ڈالا۔ اور پچاس اشرفیاں نکال کر کسان کو گن دیں۔ ہر ایک اشرفی پر بادشاہ کی تصویر تھی۔ کسان نہایت حیران ہؤا۔ قدم چُومنے کو جُھکا ہی تھا۔ کہ بادشاہ ہنس کر بولا۔ ہیں! واپس کرنے کو کیوں جُھکتے ہو۔ یہ اشرفیاں کھوٹی نہیں بالکل کھری ہیں۔ جس خداوندِ کریم کی راہ میں تم اپنے پیسے خرچ کرتے ہو۔ اُسی کے خزانے سے یہ بھی آئی ہیں۔ مَیں تو صرف خزانچی ہُوں۔ لو خدا حافظ!

بادشاہ اور تیر باں

یہ ایک قصّہ ہے۔ جو کبھی ختم نہیں ہوتا۔

ایک بادشاہ تھا۔ جس کو کہانیاں سُننے کا بہت شوق تھا۔ وہ ہر وقت کہانیاں سُنتا رہتا تھا۔ ایک دفعہ اُس نے اشتہار دے دیا۔ کہ جو کوئی ایسی کہانی کہے۔ جو کبھی ختم نہ ہو۔ تو مَیں اُس کو اپنی تمام بادشاہت اور مال و دَولت بھی دے دُوں گا۔ اور اس سے اپنی لڑکی کی شادی بھی

کر دوں گا۔ مگر جو کوئی ایسی کہانی نہ کہہ سکے گا۔ وہ جان سے مار ڈالا جائے گا۔

یہ انعام جیتنے کو بہت سے شہزادے اور عام لوگ آئے۔ مگر ناکام رہے۔ اور اُن کا سر اُتار دیا گیا۔

آخر کار ایک بُڈھا آدمی آیا۔ اور بادشاہ سے کہا۔ کہ مَیں ایسا قِصّہ کہہ سکتا ہُوں۔ جیسا حضور چاہتے ہیں"۔

بادشاہ:" تُو کیوں اپنی جان کے پیچھے پڑا ہے۔ بڑے بڑے لوگ ایسا قصّہ نہیں کہہ سکتے۔ جو ختم نہ ہو۔ تُو کیا کہے گا"؟

بُڈھا۔ حضور کچھ پرواہ نہیں۔ مَیں کہہ سکتا ہُوں"۔

بادشاہ۔" اچھا کہو"۔

بُڈھے نے اس طرح قِصّہ کہنا شروع کیا:۔

حضور ایک بادشاہ بڑا ظالم تھا۔ اور چاہتا تھا۔ کہ کسی طرح بہت دَولت پَیدا کر لے۔ اُس نے اپنی رعیّت کا تمام غلّہ وغیرہ چھین لیا۔ اور ایک بڑا بھاری غلّہ خانہ پہاڑ پر بنوایا۔ اتنا بڑا جس کی کوئی حد نہ تھی۔ اور اس میں سب غلّہ بھروا دِیا۔ اور اس کے تمام دروازے بند کر دئے۔ لیکن ایک چھوٹا سا سُوراخ بنوا دیا۔ تاکہ دھُوپ آتی رہے۔

اس پہاڑ پر بہت سی ٹیڑیاں رہتی تھیں۔ اُنہیں کسی طرح اس غلّے کا پتہ لگ گیا۔ بس پھر کیا تھا۔ ایک ٹیڑی گئی۔ اور ایک دانہ نکال لائی۔

پھر دوسری گئی اور ایک دانہ نکال لائی - پھر تیسری گئی - پھر چوتھی - پھر ایک اَور گئی - اور ایک دانہ نکال لائی "

آخر بادشاہ گھبرا گیا - اور اُس نے بڈھے سے پُوچھا - کہ آخر پھر کیا ہُوا ؟

بُڈھا :- حضور یہ نہیں - کہ مَیں ادھوری کہانی چھوڑ کر آگے چلوں جب تک مَیں اس کو ختم نہ کر لُوں آگے نہ بڑھوں گا "

یہ سُن کر بادشاہ چُپ ہو رہا - اور بُڈھے نے پھر کہنا شروع کیا - کہ " ایک اَور تیتری گئی - اور ایک دانہ لائی - پھر ایک اَور گئی پھر ایک اَور - پھر ایک اَور *

غرض وہ یہی کہتا رہا - کہ پھر ایک اَور *

اس پر بادشاہ بولا " اے دوست مَیں تمہاری تیتریوں سے تھک گیا ہُوں - اب آگے چلو "

بُڈھے نے پھر وہی جواب دیا - جو پہلے دیا تھا *

آخر کار بادشاہ نے عاجز ہو کر اپنی تمام بادشاہت اور روپیہ پَیسہ اُس بُڈھے کو دے دیا - اور اپنی لڑکی کی شادی بھی کر دی - اور خود بھیک مانگنے لگا *

اس بُڈھے نے دس برس تک بادشاہت کی - پھر اُس کے لڑکے بھی ایک دُوسرے کے بعد بادشاہ بنے *

اس کہانی کا مطلب یہ ہے۔ کہ بے سوچے سمجھے کوئی کام نہ کرنا چاہیئے۔ ورنہ انسان اسی بادشاہ کی طرح خراب ہوتا ہے۔

چین کا ایک بادشاہ

کنگھی نام چین کا ایک بادشاہ گزرا ہے۔ جو اپنی رعیّت کو اولاد کی طرح پیار کرتا تھا۔ چین میں اب تک اس کی تعریف کے قصّے مشہور ہیں۔ جہاں کہیں یہ اپنے افسروں کو ذرا بھی سختی کرتے دیکھتا۔ بُری طرح سے اُن کی خبر لیا کرتا تھا۔ اُس کے زمانے میں کسی کو بے گناہوں کے ستانے کی مجال نہ تھی۔

ایک دِن جوانی کے زمانے میں وہ شکار کھیلنے گیا۔ جسم پر شکاری لباس تھا۔ اتّفاق سے اس کا گھوڑا دُور جا نکلا۔ ساتھی ساتھ نہ رہے۔ بادشاہ نے راہ میں ایک بُڈھے آدمی کو زار زار روتے ہوئے دیکھا۔ اسی وقت گھوڑے سے اُتر پڑا۔ بُڈھے کے پاس گیا۔ اور بڑی محبّت کے ساتھ اس کے رونے کا سبب پُوچھا۔

بُڈھا۔ اے نوجوان مالک۔ مَیں تم سے کیا کہوں۔ میرے دُکھ کا کوئی علاج نہیں۔ یہ روگ بے دوا ہے۔ چونکہ تم اس ہمدردی سے

پُوچھتے ہو۔ مَیں تم سے اپنے دل کا درد کہے دیتا ہُوں۔ شاہی محل کے پاس میری تھوڑی سی جائداد ہے۔ محل کے حاکم نے اس کو ضبط کرلیا ہے۔ اب یہ حالت ہے۔ کہ مجھ کو مانگنے سے بھیک بھی نہیں ملتی۔ اس سے بھی بڑھ کر مجھ پر یہ ظلم ہُوا ہے۔ کہ میرا ایک چھوٹا لڑکا ہے۔ وہ اُسے بھی غلام بنانے کے لئے پکڑ کر لے گیا ہے۔ اے جوان وہی میری زندگی کا سہارا تھا۔ اب وہ بھی پاس نہیں رہا۔

یہ کہہ کر بڈھا پھر پھُوٹ پھُوٹ کر رونے لگا۔ نوجوان شہنشاہ نے اس بُڈھے کے دونوں ہاتھ پکڑ لئے اور تسلی دے کر کہا۔ تم بڑے کمزور آدمی ہو۔ اپنے رنج کو کم کرو۔ مُجھ کو بتاؤ۔ کہ شاہی محل یہاں سے کتنی دُور ہے؟

بُڈھا۔ حضور یہاں سے پانچ میل ہے۔

شہنشاہ۔ بہت اچھا۔ تم میرے ساتھ چلو۔ مَیں حاکم سے تمہاری جائداد اور تمہارے لڑکے کے واپس دینے کو کہوں گا۔

بُڈھا۔ ہائے نوجوان مالک۔ مَیں نے تم سے کہہ دیا ہے۔ کہ وہ حاکم شہنشاہ کے محل کا افسر ہے۔ اور وہ بہت ظالم آدمی ہے۔ کسی کو بھی سزا دِئے بغیر نہیں چھوڑتا۔ خواہ وہ شخص قصُوروار ہو۔ یا بے قصُور۔ مَیں تو مُصیبت کے اندر پھنسا ہُوا ہُوں۔ تمہیں بھی خواہ مخواہ کیوں پھنساؤں؟ بہتر ہے ہم تم دونوں اس سے دُور رہیں۔ اس کے پاس جانے میں

خیر نہیں۔ وہاں بے عزّتی کے سوا اَور کچھ نہ ہوگا۔ یہ کہہ کر بُڈھا رونے لگا۔

شہنشاہ۔ بُڈھے ہمّت کرو۔ مَیں ضرور کوشش کروں گا۔ اور اس کا نتیجہ تمہارے لئے اچھا ہوگا۔ ہمّت نہ ہارو۔

بادشاہ کی بات سُن کر بُڈھے کی ڈھارس بندھی۔ وہ چلنے کو تیار ہوگیا۔ مگر بہت کمزور تھا۔ جلدی نہیں چل سکتا تھا۔ وہ بولا۔ کہ مَیں بڈّھا ہُوں۔ تمہارے گھوڑے کے برابر نہ چل سکوں گا۔ اور تُم کو دیر ہوگی۔

بادشاہ۔ یہ سچ ہے۔ مگر تُمہاری عُمر عزّت اور ادب کے قابل ہے اور مَیں مضبوط اور تندرست ہُوں۔ تم گھوڑے پر سوار ہولو۔ مَیں ساتھ ساتھ پیادہ چلوں گا۔

مگر بُڈھے نے اس بات کو پسند نہ کیا۔ اس لئے بادشاہ نے بُڈھے کو گھوڑے پر اپنے آگے بٹھا لیا۔ اور آپ پیچھے زین پر بیٹھ گیا۔ اس طرح وہ دونوں گھوڑے پر بیٹھے ہوئے شاہی محل کے قریب اُس جگہ جا پہنچے۔ جہاں وہ حاکم رہتا تھا۔ اتنے میں شاہی نوکر چاکر بھی راستے میں مل گئے۔ اور وہ بادشاہ کے ساتھ ایک بُڈھے کو دیکھ کر بہت حیران ہوئے۔ بادشاہ نے تاتاری زبان میں اُن سے کچھ کہا۔ وہ چلے گئے۔ مگر پھر بھی حیرت سے اس تماشے کو دیکھتے رہے۔

جب کنگھی شاہی محل کے پاس پہنچا۔ تو اُس نے حاکم کو بُلا بھیجا۔ جب وہ آیا۔ بادشاہ نے اپنا شکاری لباس اُتار ڈالا۔ محل کے حاکم کی نگاہ جب بادشاہ پر پڑی۔ ادب سے پاؤں چُومنے کو دَوڑا۔ بادشاہ کو دیکھ کر بُڈھے کے ہوش جاتے رہے۔ وہ خوف سے تھر تھر کانپنے لگا۔ اور بادشاہ کے قدموں سے لپٹ گیا۔ بادشاہ نے بڑی دِقّت سے اُسے اُٹھایا۔ استنے میں دربار کے تمام امیر کبیر آگئے۔ شکاری جلوس بھی وہاں پہنچ گیا۔ ان سب کے سامنے بادشاہ نے اس حاکم کو بہت لعنت ملامت کی۔ اور اس کو جلاّد کے سپرد کر دیا۔

بُڈھا پتھر کی طرح بُت بنا کھڑا تھا۔ بادشاہ نے اُس سے کہا۔ بڑے میاں تمہاری جائداد اور لڑکا تم کو واپس دِیا جاتا ہے۔ آج سے تم اس شاہی محل کے افسر ہو۔ لیکن خبردار رہنا۔ کہیں ایسا نہ ہو۔ کہ دَولت اور اختیار ملنے سے تم مغرور ہو جاؤ۔ اور تمہاری بے انصافی اور ظلم سے کوئی دُوسرا شخص فائدہ اُٹھالے۔

اے پیارے ننھے بچو۔ آدمی کو چاہیئے۔ کہ ہر ایک کام انصاف سے کرے۔ اور کبھی کسی پر ظلم نہ کرے۔ ورنہ محل کے حاکم کا سا حال ہو گا۔

ایک سیب کی قیمت

ضلع اٹک کے علاقہ کھاٹڑی کے کسی گاؤں میں ایک کسان رہتا تھا۔ ایک دِن اس کی بیوی نے جس کے بچّہ ہونے والا تھا۔ اس سے کہا۔ کہ میرا دِل سیب کھانے کو بہت چاہتا ہے۔ اگرچہ اُس زمانے میں سیب بہت کم ملتے تھے۔ پھر بھی اس عورت کے کہنے سے اس کسان نے سیب کی بہت تلاش کی۔ مگر سیب اُسے نہ ہی ملا۔

آخر کار اُسے معلوم ہُوا۔ کہ فلانے گاؤں کے پاس کشمیر کا ایک سوداگر اُترا ہُوا ہے۔ شاید اُس کے پاس سیب ہوں۔ جب وہ سوداگر کے پاس پہنچا۔ اور اُسے اپنا سارا حال سُنایا۔ تو سوداگر نے کچھ دیر سوچنے کے بعد کہا۔ کہ مَیں تمہیں سیب اس شرط پر دیتا ہُوں۔ کہ تم مجھے ایک سند لکھ دو۔ کہ اگر میرے ہاں بیٹا پیدا ہُوا۔ اور وہ بادشاہ یا بادشاہ کا وزیر بنا۔ تو وہ اس سوداگر کے مال کا لگان بالکل معاف کر دے گا۔

کسان نے جواب دِیا۔ کہ مَیں ایک ادنےٰ درجے کا کسان ہُوں۔ یہ کب ہوسکتا ہے۔ کہ میرا بیٹا بادشاہ یا وزیر بنے؟

سوداگر نے کہا۔ کچھ بھی ہو۔ تمہیں اس سے کیا مطلب؟ تم مجھے سند لکھ دو۔ اور جتنے سیب چاہئیں لے لو۔ کسان نے سند لکھ دی۔ اور

ایک سیب لے لیا۔ کیوں کہ اُسے ایک ہی سیب درکار تھا۔ کسان نے وہ سیب اپنی بیوی کو دیا۔ اور بیوی نے وہ کھا لیا۔ کچھ دِنوں کے بعد اس عورت کے ہاں ایک لڑکا پیدا ہوُا۔ جس کا نام اس کے والدین نے سعداللہ رکھا۔ جب اس لڑکے نے ہوش سنبھالا۔ تو اُسے پڑھنے کا شوق ہوُا۔

علم کے شوق میں ادھر اُدھر پھرتا ہوُا دہلی پہنچا۔ اور بادشاہی مسجد کے معلّم کے پاس پڑھنے لگا۔

چونکہ وہ ذہین اور لائق لڑکا تھا۔ اس لئے تھوڑے ہی عرصے میں ہر علم میں کامل ہوگیا۔

اُن دِنوں میں دہلی کا بادشاہ شاہجہان تھا۔ ایک دِن شاہِ ایران کی طرف سے شاہجہان کے نام فرمان آیا۔ کہ تم صرف ہند کے بادشاہ ہو۔ پھر تم نے شاہِ جہان (یعنی جہان کا بادشاہ) لقب کیوں رکھا؟

شاہ جہان نے اپنے امیروں، وزیروں سے جواب پُوچھا۔ مگر کسی نے کوئی اچھا جواب نہ دِیا۔ آخر بادشاہ نے اپنی بادشاہی میں اشتہار دِیا۔ کہ جو کوئی میری بادشاہت میں اس بات کا جواب لکھے گا۔ مَیں اُسے اپنا وزیر بنالوں گا۔ ہر شخص نے اپنی اپنی عقل کے موافق جواب لکھنے شروع کیئے۔ بادشاہی مسجد کے تمام طالب علموں اور معلّم صاحب نے بھی جواب لکھے۔

سعد اللہ نے جو وہاں موجود تھا۔ یہ جواب لکھا۔ کہ ابجد کے حساب سے "جہاں" اور "ہند" کے ہندسے برابر ہیں۔ یعنی جیم کے ۳۔ ہ کے ۵۔ الف کا ۱۔ نون کے پچاس۔ کل ۵۹ ہوئے۔ اسی طرح ہ کے ۵۔ نون کے ۵۰۔ دال کے ۴۔ یہ بھی کل ۵۹ ہوئے۔ اس لیے شاہِ ہند کو شاہِ جہان کہہ سکتے ہیں۔

جب بادشاہ نے یہ جواب پڑھا۔ تو بہت خوش ہوا۔ اور اس جواب کو بہت پسند کیا۔ اور یہی جواب شاہ ایران کو بھیجا گیا۔ شاہِ ایران اس معقول جواب سے چُپ ہو گیا۔ شاہِ جہان نے اپنے وعدے کے موافق سعد اللہ کو نواب سعد اللہ خاں کا خطاب دے کر اپنا وزیر بنا لیا۔

جب سوداگر نے سُنا۔ کہ سعد اللہ خاں وزیر بن گیا ہے۔ تو وہ نواب سعد اللہ خاں کے گھر گیا۔ اور اُس کو اُس کے باپ کی لکھی ہوئی سند دکھائی۔ اُس کو پڑھنے کے بعد نواب نے سوداگر سے پُوچھا۔ کہ تم نے کس طرح سے جانا۔ کہ مَیں وزیر بنوں گا؟ اس نے جواب دیا۔ کہ جب تمہارے والد نے مجھے سارا حال سُنایا۔ تو مَیں جان گیا۔ کہ اس زمانے میں سیب امیروں کا کھانا ہے۔ اس غریب کسان کی عورت کا دِل سیب کو چاہا ہے۔ شاید اس کے پیٹ سے کوئی ایسا لڑکا پیدا ہونے والا ہے۔ جو امیر بنے گا۔ اور سیب کا کھانے والا ہوگا۔

جب نواب نے یہ سُنا۔ تو اُس نے اس کا لگان مُعاف کرا دیا۔

یہ تھی ایک سیب کی قیمت۔

پیارے ننھے بچو۔ اگلے زمانے میں طالب علم تعلیم کے ایسے شوقین ہوتے تھے۔ اور ایسے لائق نکلا کرتے تھے تمہیں بھی چاہیے کہ علم کے حاصل کرنے میں کوشش کیا کرو۔ تا کہ بڑے بڑے عہدے پاؤ۔

―――※―――